「イシスさん。大丈夫だった？」

「妾の全ては
主の物であるぞ。
勿論この体もものう」

「ちょ、何言ってるんですかフィー！」
大きな胸に手を当てて、
フィーがまた
とんでもないことを言い出したよ！

「ひや、あ、あの」
やば！
うっかり振り向いちゃった！
て、手で隠していたし、
はっきりとは見えなかったけど、
結構大きい……
いや、何を言ってるんだ僕は！

ダッシュエックス文庫

砂魔法で砂の王国を作ろう
～砂漠に追放されたから頑張って祖国以上の国家を建ててみた～

空地大乃

目次

CONTENTS

砂魔法で砂の王国を作ろう
~砂漠に追放されたから頑張って祖国以上の国家を建ててみた~

第一章　追放された砂の皇子様《おうじさま》

僕は妾《めかけ》の子としてこの世に生を受けた。母親はどうやら僕が生まれてすぐに死んでしまったらしい。

そんな僕は生まれた時からどうやら魔力は人より高かったらしい。皇帝の五男として生まれた僕だったけど、僕の国ではどれだけの魔法を使いこなせるかがもっとも重要視される。

だからこそ妾の子どもではあったけど、魔力の高い僕には期待も大きかったのだろう。でも、十二歳で判明した僕の適合属性は砂だった。砂属性の魔法が使える、それが僕の力だった。

でも、砂には欠点があった。単一属性。この属性を有するものは、他の属性を一切扱うことが出来ない。例えば火が適合属性だったなら、風の属性もある程度扱えるみたいに、属性はある程度相性が良いものなら適合属性以外でも扱えるけど、単一属性はそれが出来ない。

ただその代わり単一属性は強力なものが多く、また単一属性を持つこと自体がレアケースともされたりと本来は悪いことばかりではない、筈なんだけど。

でも砂属性は違った。砂属性は砂がない場所では扱えない魔法だからだ。だから一般的には単一属性とはいえ砂は不遇属性ともされている。

僕の属性が、それだった。でも、それでも僕は何とか役に立てるよう、屋敷の砂場を利用して一生懸命砂魔法を練習した。

だけど、今、僕は砂漠のど真ん中に佇《たたず》んでいる。砂には文字が焼き付けられていた。


『そんなに砂が好きならここで一生砂遊びしていろバ〜カ！』


僕の上の兄がやったんだなとすぐにわかった。兄の一人《ひとり》が持つ適合属性が火だったからだ。

だけどきっとそれだけじゃない。父さんだって正妻の方の后《きさき》だって僕の追放を許可したのだろう。

砂属性だとわかった時、家族の殆《ほとん》どが侮蔑《ぶべつ》の表情を浮かべていた。そしてそれから僕がどれだけ練習しようと疎《うと》ましそうに見てくるだけだった。

上の兄も、僕みたいのがいるだけで一族の恥とまで口にし、僕を侮蔑していた。だからきっとこれは家族の、つまり皇族の総意なんだ。

そして僕は家から見放され、国から追放され、砂漠に一人取り残されている。

辺《あた》り一面砂砂砂だ。砂漠の中心にでも放り出されたのかもしれない。

しかし、熱い――暑いというよりもう熱い。頭上にはギラギラ輝く太陽が僕を嘲笑《あざわら》うように砂漠を照らし続けている。砂も熱を帯びてやたら熱い。

僕は寝る時に着ていた服のままだ。ローブに近い格好《かっこう》ではあるけど、砂漠を歩けるようなものではない。普通なら絶望し、死を覚悟するところだろう。でも、僕の属性は砂だ。兄さん達は皮肉のつもりだったかもしれないけどこれでも城の砂場で練習を続けてきたんだ。

屋敷では小さな砂場でしか練習出来なかったから、兄などにあっさり踏み潰されるような砂の城や砂人形しか作れなかった。

でも、これだけ砂がある砂漠なら話は別だ。砂魔法の力を遺憾《いかん》なく発揮出来る。僕は早速砂を操り、ちょっと厚みのあるローブのようにして纏った。

さて、何はともあれ生きていくには水が必要だ。こんな砂だらけの土地だ。砂漠だから当然だけど、このまま何もせずにいたらいくら砂で光を遮断したとしてももたないよね。

「砂感知《すなかんち》――」

意識を集中し砂の一粒一粒に干渉した。砂を波紋を広げるように動かすことで砂が触れたものの情報を摑み取っていく。

地上だけではなく地下に至るまで干渉範囲を広げた。範囲は平面的なら十数キロ先まで知ることが出来るけど立体的だと効率は落ちてしまう。

さて、うん？　やったよ！　水の反応を見つけたよ！　結構ギリギリかな。歩くには厳しい距離だけど――。

「砂魔法・砂座波《さざなみ》――」

砂の魔法を行使《こうし》。この魔法は砂を波のように動かせる魔法で、上に乗ることも出来る。つまり砂の波に乗って移動することで歩くより早く目的地に着けるわけだ。

速度も結構出て、馬車の何倍も速い。ただあまり速すぎても操作が難しくなるから調整は必要だ。それでも結構なスピードは出てるかな。

さて砂の波に乗って目的の場所に来た。一見すると周りと変わらない砂だらけの地形だったけど砂感知で探ると地下に水脈があることがわかった。

「渦砂《うずすな》――」

魔法を行使。この魔法によって砂を渦が巻くように動かせる。今回は地下に向かって進むように調整した。これによって砂を簡単に掘ることが出来る。

「あ、湧いてきた！」

やった。感知した通り、掘った箇所から水が湧き出てきたよ。そしてあっという間に大きな水溜まりが出来た。うん、ここまで来たらもう湖だね。

砂漠にある水場はオアシスと呼ぶらしいけど今ここに文字通り即席のオアシスが出来た。これでとりあえず水の心配はないかな。あとはそうだな、ここを拠点にするなら住むところが欲しいところ。

そうなるとやっぱりあれかな――うん。

「砂魔法——砂城《すなじろ》！」

僕が魔法を行使すると砂が盛り上がりその形を変化させていった。壁が出来て内側に建物、そう、砂の城が出来上がったんだ。

「うん。強度も問題なさそうだね」

城や壁をトントンっと叩いてみて確認する。これなら十分住めるね。

さて、これで水と住処《すみか》は確保出来たよ。あとは食べ物かな……とりあえずそれがないとね。水だけじゃ限界があるし。

砂感知で周囲の状況を確認する。おっと近くに生命反応があるね。

僕は砂を波にして移動した。耳と尾の長い生物がいたよ。中型犬サイズで色は砂色だ。近づくとすぐに反応を示す。気配に敏感なのかもしれない。見た目は可愛いけど、だからといって見逃すわけにもいかない。

食べ物の確保は砂漠で生き残るには必須だ。

「ギュギュッ！」

獲物が逃げ出そうとする。僕は急いで魔法を行使した。

「砂魔法・砂槍《すなやり》！」

砂が形を変え、槍となって飛んでいき獲物を貫いていった。

「ごめんね。生きていくためには仕方ないんだ——砂箱《すなばこ》！」

祈りを捧げ、狩った獲物を魔法で作成した砂の箱に詰めていく。その時、こっちに何かが近づいてくるのを感知した。

「ガオォォオオォオオオオ！」

飛びかかってきたのはライオンに似た生物だった。急いで砂を移動させ回避する。

爪を振り下ろすと地面が大きく抉《えぐ》れた。この威力《いりょく》――ただの動物ではないな。魔物や魔獣の類《たぐい》かもね。

爪は魔力で強化していると見ていいかも知れない。

「砂魔法・砂槍！」

魔法で下がりながら砂で槍を八本作成し発射する。だけど、相手の動きは早い。しかも槍を避《よ》けながら距離を詰めてくる。

「だったら砂魔法――渦砂！」

渦を描くように砂が移動を始め相手が足を取られた。これで足はある程度封じた。あとは――。

「砂魔法・砂巨烈拳《さくれつけん》！」

砂で巨大な拳を作りぶん殴る。猛獣は吹っ飛び砂でバウンドした後ゴロゴロと転がり、動かなくなった。

どうやら無事倒せたようだね。

獲物を狩った後は、城まで戻って砂魔法の砂刃で解体した。国を追い出される前は、森で狩りをしながら砂魔法の練習をしていた。

砂場の砂を壺にいれて持ち歩いて、色々試してたんだ。解体はその過程で覚えた。

さて、尾の長い兎《うさぎ》っぽい獲物とライオンっぽいのを小分けにする。生では食べられないから焼かないといけない。

だけど砂魔法では火は起こせない。ならどうするか？　外の日差しはかなり強い。これを利用する。砂を板状にして表面に太陽の熱を浴びさせることで温度が上昇。

あとはこの上に肉を乗せれば、うん、じゅ～じゅ～と焼けてきた。結構美味《おい》しそう。

早速食べてみた。兎っぽい獣の肉は柔らかいけど、やっぱり味の面で物足りない。調味料がないもんね。

そしてライオンっぽい獣は、肉はさっきのより硬いけど、嚙みしめると肉汁が口の中に広がって旨《うま》い！

やっぱり魔獣だったのかな？　魔獣は体内の魔力が豊富でその影響で肉質も変化して通常の獣より美味しいと言われている。

でもやっぱり調味料は欲しいかな。せめて塩ぐらいはね。どこかにあるといいんだけどなぁ。

肉は余ってしまった。僕一人でこんなに食べられないから残った肉は砂漬けにすることにした。砂の中に入れて魔法で真空状態にすることで日持ちするんだよね。

さてと、改めて城とオアシスを見る。う～ん、住処としては悪くないけど何かが足りないなぁ。

そうだ緑だ。緑が圧倒的に足りない。砂漠だし仕方ないかもだけどオアシスが出来たんだし植物が育つ条件は生まれた筈だ。

放っておいても、いずれは種子や花粉が飛んできたりで植物が育つかもだけど、可能なら人工的にやっておきたい。

というわけで砂感知を利用。近くに数は多くないけど植物を発見した。砂の波で移動だ。

うん、あったあった。これを砂ごとオアシスまで運ぶ。植物も水が近くにあった方が成長が早いだろう。

そんなことを繰り返していると、僕でも聞いたことのある植物を見つけた。サボテンだ。全身が棘《とげ》まみれの植物だけど、確か食用にも出来たり石鹸《せっけん》にも使える筈。これは是非《ぜひ》とも持っていきたいね。

だからサボテンに近づこうとしたけど。

「ガルウウゥウウウ！」

何かが飛びかかってきた。動きが早い！

「砂壁！」

「ガウ!?」

とっさに砂を壁にして攻撃から身を守る。壁に弾かれるようにして獣が飛び退《の》いた。

砂漠の砂に似た毛並み——この見た目はヒョウだ！　ライオンといいヒョウといい猛獣が多いな。この辺りを縄張《なわば》りにしていたんだろうか？

するとヒョウが口を開き咆哮《ほうこう》。くっ、足が竦《すく》みそうになる。牙が鋭いし、見ただけでわかる鋼鉄のような鋭利な歯だ。爪も鋭そうだし、ただのヒョウではないかもしれない。

ヒョウは僕を警戒をしているのか円を描くように移動している。足が速いな。神経を集中しておかないと、油断したら狩られるかもしれない。

その時、ヒョウが口を開き何かを吐いて出してきた。甘ったるい匂い——頭がくらくらしてきた。これはちょっとヤバい！

「グガァアアアァアァア！」

「砂柱！」

「ギャンッ！」

急いで魔法を行使。足元の砂が柱になり僕を乗せたまま一気に上に伸びた。あのヒョウは勢い余って柱に頭をぶつけたようだね。

「ガルゥウゥウゥウウウ！」

下から僕を見上げて唸《うな》っている。怒ってるようだ。それにしてもあの毛皮は使いみちがあるかも。よし！　なら出来るだけ傷つけないように——。

「大砂波《おおすなみ》！」

柱の上から魔法を行使。砂が巨大な波になってヒョウを呑み込んだ。そのまま流され砂に埋れたまま動かなくなる。

ふぅ、無事倒せたね。さてと柱を砂に戻した後、サボテンとヒョウの死体を波で運んだ。

これで少しはオアシスも華やかに――。

「ウキィ！」

「ウキキィイイ！」

と思ったら大きな猿が城やオアシスの周りに集まって暴れていた。城の壁を殴ったり、折角《せっかく》オアシスの周囲に植え替えた植物を荒らしている。

「こらぁ！　砂魔法・砂槍！」

砂の槍で攻撃。しかし猿は素早い。避けて――逃げていった。むぅ、油断も隙《すき》もないね。

さて、どうしよう。僕がここから離れるとまたあの猿や獣に狙われるかもしれない。

「よし、ならこれだ！　砂人形《すなにんぎょう》！」

砂魔法で砂から人形を生み出す。魔法で土からゴーレムを作り出す魔法使いもいるのだけど、僕のはそれを砂でやった。城の砂場では小さな人形しか試せなかったけど、ここは砂も豊富だし上手いこと人型サイズのゴーレムが出来た。

「城とオアシスを守ってくれる？」

砂人形がコクコクと頷《うなず》く。よし、これで警備は問題ない。とりあえず八体ほど作っておこうかなと。

さて、サボテンは植え替えて、ヒョウは解体した。肉は砂漬けで保存。皮は処理して干しておいてと。

うんうん。大分住処として充実してきた。

この調子で少しずつ環境を整えていこう。

砂漠で活動を始めてから三日経った。ヒョウの毛皮は太陽の熱を凌《しの》ぐローブとしても役立っている。魔法でもいいけど、こういうのもあったほうが魔力の節約に繋がる。

緑も少しずつ増えていっている。草系は育つのも早い。

「ウキキィ！」

「ウキャ！」

オアシスに近づいてきた大猿達が逃げていった。ゴーレムが追い払ってくれるからだ。やっぱり設置しておいてよかった。こっちの目を盗んでちょっかいをかけてくるからねあの猿は。

さてと、今日はどうしようかな。また砂の城に手を入れてみるかな。あれから城の中を弄《いじ》って部屋を作ってみたりベッドを作ったりしている。

色々足りないものもあるんだけど。窓の部分もそのままだと風通しはいいけど、やっぱ硝子《ガラス》は欲しいし。

とりあえず何か役立つものはないかなと、砂感知で周囲の状況を探る。

あれ？　なんだろう？　少し離れた場所だけど、生命反応がある。動物だけじゃないね。

この反応、人だ！　でも、かなり反応が弱い。それに周囲に獣の気配！

急いで現場に向かう。波の速度も速く！　そしてたどり着いた先に見えたのは、あれはラクダかな？　見るのは初めてだけど本当に瘤《こぶ》があるんだ。

でも本で見たのは瘤が一つか二つだったけど、あのラクダは瘤が三つあるね。そういうのもいるのかもしれない。

そしてその足元に倒れているのはローブを羽織った人だ。行き倒れたのか？　かなり衰弱《すいじゃく》している。

「ギギッ！」

「ギィ！」

そして、その周りに集まっているのはゴブリンか！

ゴブリンは帝国にもいた魔物だ。小さい角《つの》が生えていて体格は小柄でずる賢い。

ただ、本来の肌の色は緑だけど、ここのは砂色だ。見た目はゴブリンだけど、違うのかな？

う～ん、わからないけど、ラクダも怯えているし早く助けてあげないと！

「砂魔法・砂槍！」

飛んでいった砂の槍がゴブリンを貫く。よし！　と思ったけど、砂の中から更にゴブリンが姿を見せた。

こいつら砂に身を潜めるのか！　帝国のゴブリンには見られなかった行動だ。しかも僕の周りの砂も盛り上がり囲まれてしまった。僕がこっちのゴブリンに気を取られている間にあの子を連れさるつもりなのかもしれない。

でも、そんなことはさせない。

「砂魔法・砂嵐！」

魔法を行使すると砂が螺旋《らせん》状に巻き上がる。その勢いに引きずり込まれ周囲のゴブリンが上空高く舞い上がった。

よし！　これでこっちのゴブリンは片付いた！　あとは向こうのゴブリンだ。

「砂魔法・円砂輪《えんさりん》！」

回転する砂の刃を作り、ゴブリンへと飛ばした。この魔法は動きの幅が広い。弧を描くように飛んでいった砂の刃がゴブリン達を切り裂いた。

よし、もう砂から出てこないな。これで全部倒したようだ。ゴブリンからは基本手に入るものはない。食べることも出来ないし食べたいとも思えないからね。

さて、倒れている人に駆け寄る。フードを少しずらして見たら、この子、女の子だ。しかも凄い綺麗《きれい》――。

思わず見惚《みほ》れそうになる。だけどいけないいけない、それどころじゃなかった。

「ンゴォ」

ラクダが心配そうな顔をしている。この子を運んで来たのはこのラクダなんだろうね。

「安心して僕が助けるから。君も一緒に来なよ」

「ンゴ？　ンゴンゴッ！」

ラクダが喜んでいるのがわかる。よし、僕は女の子をラクダに乗せて、砂の波で移動を開始した。

「ンゴッ!?　ンゴォオオォオオオ！」

「大丈夫。こういう魔法だから」

砂の波に乗って移動するとラクダが慌てだした。だけど僕が説明すると理解してくれたようだ。

「ンゴ♪　ンゴ♪」

砂の波に乗って移動している内にどうやら楽しくなってきたのかラクダが浮かれ始めた。さて城が見えてきたぞ。

「城に着いたよ。この中に運ぼう」

「ンゴォォォオオオ！」

ラクダに話しかけると、目玉が飛び出んばかりに驚いていた。砂の城にびっくりしたみたいだ。

「ンゴッ！」

「そんなにビクビクしなくても大丈夫だよ。この辺りを守ってくれてるゴーレムだから」

城の周りを警備しているゴーレムにもラクダは驚いていた。だけど何もしてこないとわかるとペロペロしたりしていた。砂だからすぐにぺっぺとしていたけど。

「ンゴゥ……」

「お腹が減ってるのかい？　だったら後で餌《えさ》を上げるよ」

「ンゴ！　ンゴ♪」

ラクダが頭で僕の体をすりすりしてきた。こっちの言ってることがわかるのかな？　賢いラクダだね。

さて、比較的風通りが良くて涼しい部屋に美少女を寝かせてあげた。砂でベッドも作成してある。

僕の魔法で砂の質もある程度いじれるから、このベッドもふかふかだ。

「ペッ！　ペッ！」

「いや、それも砂だから食べられないよ」

「ンゴゥ……」

ラクダがベッドを舐《な》めてまた唾を飛ばしていた。賢いのかそうじゃないのかよくわかんなくなってきた。可愛いけど。

さて、かなり衰弱しているし、先ずは水だ。後はラクダ用に餌か。何を食べるんだろう？

やっぱり草かな？

「餌だけど肉は食べる？」

ラクダはブンブンと首を横に振った。やっぱり肉は食べないか。

「草は？」

今度は嬉しそうに頭をブンブンっと上下させた。やっぱり植物が好物みたいだね。水の確保も必要だったし一緒に水場に向かう。ラクダはごくごくと美味しそうに水を飲んでいた。結構な量を飲むね。

「この辺りの草は好きに食べていいからね」

「ンゴ♪」

ラクダが喜んでいた。見張りをしているゴーレムにラクダを守るように伝えた後、水を砂魔法で作成した砂の瓶に汲み部屋に戻る。

「水、飲める？」

聞きながら砂の瓶を美少女の口に当てて傾けると喉《のど》が鳴った。良かった飲むことは出来るみたいだ。ゆっくりと飲ませていく。

顔色は少し良くなったかな？　でもまだ喋れるほどじゃなさそうだ。やっぱり栄養が足りない。

食事を摂《と》ってもらおうか？　でも今貯蔵しているのは肉だけだ。植物もまだ育ちきってないし。

何か栄養があって口にしやすい物が必要だ。折角だから元気になってもらいたい。

僕は城の外に出て砂感知の範囲を広げた。どこかにこの条件にあった食べ物はないか――。

気になる反応があった。多数の生物の反応。だけどそれだけじゃない。何かわからないけど、もしかしたら彼女を助けることにも繋がるかも。

ただの予感だけど、僕は砂座波で移動した。徒歩だと半日以上はかかりそうな距離も波乗りで進めばそこまでかからない。

暫《しばら》く砂の波に乗っていると見えてきた。あれは、蟻《あり》？

そうだ蟻だ。体が金色に光っている蟻と黒光りする頑丈そうな蟻が争っている。

見る限り黒い蟻に黄金の蟻が襲われているようだ。そして僕が目をつけたのは黄金の蟻のお尻の辺りが異様に膨らんで丸くなっていることだ。

あれがとても気になるよ。状況は黄金色の蟻が劣勢だ。黒い蟻は驚いたことに手、になるのかな？　とにかく前肢《まえあし》を器用に使って槍を持って戦っている。

蟻の魔物なのかな？　とにかく、僕は金色の蟻を助けることにする。

「砂魔法・砂欠泉《さけっせん》！」

僕は魔法を行使した。黒い蟻達の真下から激しく砂が噴出し黒蟻が吹き飛ばされた。

「アギッ！」

「アギ〜！」

落下してきた蟻は体を砂に打ち付け、起き上がり逃げていった。これで一先《ひとま》ず安心かな。

「ア、アリ？」

「アリィ」

「アリ！　アリィ！」

さてと、黄金の蟻は助けたけど、次々と僕に群がってきた。何かと思ったけど、どうやらお礼をされてるようだ。

う〜ん、球体みたいに膨らんでいる部位が気になって助けただけだけど、ここまで喜ばれると、流石《さすが》にこれから狩るわけにもいかないよね。

「アリ〜♪」

そんなことを考えていると、蟻達が膨らんだ部分から何かを取り出して差し出してきた。

渡されたのは黄金色の玉。何か膜《まく》に包まれてるみたいだけど、甘い匂いが漂ってきてる。

この匂いって――もしかして蜜？

「お礼にくれるってこと？」

嬉しいけど一応蟻達に確認する。

「「「「アリ～アリ～♪」」」」

どうやらお礼にくれるということらしいね。やった！　やっぱり困ってる人、ではないけど蟻でも困っていたら助けるものだね。

「ありがとうね蟻達！」

「「「「アリ～」」」」

僕はその玉を受け取り、お礼を言って帰路についた。

そして城に戻るとお腹を満たして満足そうなラクダの姿。僕を見つけると足早に駆け寄ってきた。ラクダは前足と後ろ足が片側ずつ同時に出るんだね。

「ンゴォ？」

「うん。いいものを見つけてきたよ。これなら彼女の体力も回復出来ると思う」

「ンゴ！　ンゴォ♪」

ラクダが頭を擦り付けてきた。嬉しそうだ。そしてよっぽど心配だったんだろうね。

さて、それじゃあ早速食べさせてあげようかなっと。

ラクダと一緒に美少女を休ませている部屋に向かう。ベッドで横になっている少女に分ける前に、ちょっと舐めてみたけど、蟻達がくれたのはやっぱり蜂蜜だった。て、この場合蜂じゃないから蟻蜜になるのかな？　とにかく頂いたこれは上品な甘さでとても美味しかった。蜜は栄養も豊富だし体力を回復させるのにもってこいだ。

　僕は砂魔法でスプーンを作り、蜜を口から流し込んであげた。それを少しずつ繰り返していく。

「ンゴォ……」

　ラクダが心配そうに少女の顔を覗《のぞ》き込んでいた。頭を優しく撫でて上げて声を掛ける。

「心配だよね。でも、しっかり蜜を摂ってくれているからきっと大丈夫さ」

　そして僕は日が暮れるまで蟻蜜を与え、気がつくと眠ってしまった──。


「あ、あの──」

　ん、あれ？　何か人の声──あ！　そうだ！

　僕が頭を上げると、そこには上半身を起こしたあの女の子の姿。思わず自分の顔が綻《ほころ》んでいくのを感じる。

「良かった！　気がついたんだね！」

「は、はい。その、助けて頂きありがとうございます！」

　僕が喜んでいると女の子はペコペコと頭を下げてお礼を言ってきた。

「そんなのいいよ気にしないで」

「ンゴォ～」

　あのラクダも近づいてきて嬉しそうに少女に頭を擦り付けていた。

「あ、ラクも無事だったのね。ふふ、よしよし」

少女がラクダの頭を撫でてあげている。どうやらラクがこのラクダの名前のようだね。

「あの、私はイシスといいます」

「僕はホルスだよ。よろしくね」

「は、はい！　宜しくお願いします！」

改めて互いに自己紹介をしあった。それにしてもイシスか、いい名前だな～。

それにしても、今はフードを捲《めく》っているけど、改めて見ると本当綺麗だよ。肩下まで伸びている美しい銀髪に水のように透き通った青い瞳。

何かこう、どことなく気品も感じられるんだよね。こんな子がどうして砂漠で行き倒れていたんだろう？

「あの、ところでここは？」

するとイシスがキョロキョロと部屋を見回しながら質問してきた。そう言えばまだ詳しくは話していなかったね。

「あ、そうか。え～とねこれは砂漠に建てた砂の城なんだ」

「え！　砂で出来た城なんですか!?」

イシスが驚く。砂で出来たと聞けばやっぱりそうなるのかな。強度とか心配だろうし。

「うん、僕が魔法で作ったんだ。あ、でも頑丈には作ってるから心配しないでね」

「いえ、助けてもらった御方を疑うようなことは。でもこのベッドも砂……物凄い魔法使いなんですね」

「いやいや！　そんなことないよ！　元々は使えない魔法使いと思われていたし」

それで国から追放されちゃったしね僕。

「ええ！　いやいや絶対そんなことないですよ！　少なくとも私は砂でここまで出来る魔法使いを知りません！」

「そ、そうかな？」

「はい！」

助けてもらったという思いからかな？　ちょっと過大評価な気もしないでもないけど、でもこうやって評価してもらえるのはちょっと嬉しいね。

「あの、それでどうしてあんなところで行き倒れに？」

「あ、その――」

イシスが言葉をつまらせた。これは聞いちゃいけないことを聞いたかな？

「ごめんね変なことを聞いて。ちょっと不躾《ぶしつけ》だったよね。話したくないなら無理して話さなくても大丈夫だから」

「あ、いえ。ただ詳しくはまだお話出来ませんが、実は国を追われてしまって」

「え！　そうなの！」

僕が思わず反応するとイシスが目を白黒させた。いけない、つい境遇《きょうぐう》が重なった気がして大きな声出しちゃった。

「その、なんかごめんね。実は僕も似たようなものだから」

「え！　そうなのですか？　あ、もしかして、だからここで？」

「うん。最初はどうしようかと思ったけど砂属性が役立ったよ」

「砂属性――それはかなり珍しいですよね？」

「うん。でも砂がないと使えないから三行半《みくだりはん》を突きつけられちゃったんだ」

「そんなの酷い！　見る目がなさすぎます！　こんなに優しいのに！」

イシスがまるで自分のことのように怒ってくれた。いい子だよね、この子。

「ところで、イシスさんはこの後どうするの？」

「え、その――」

イシスが目を逸《そら》し、困ったような顔を見せた。国を追われたと言っていたし、きっと行くところがないんだろうな。

「もしよかったら好きなだけここにいてくれてもいいよ。その、砂ばかりだけどね」

後頭部を擦りつつ、イシスに伝えると、彼女の目が見開かれた。

「いいの、ですか？」

「うん。僕も一人よりは誰かがいてくれたほうが寂しくないしね。イシスさんいい人そうだし」

「そんな、でも、嬉しいです。お言葉に甘えても？」

「勿論《もちろん》さ！」

「ンゴゥ」

「うん。勿論ラクも大歓迎だよ」

「ンゴッ！　ンゴォ～ンゴォ～」

ラクが頭を擦り付けてきた。一緒にいられるのが嬉しいみたいだね。頭を撫でてあげたらとても嬉しそうだったよ。

何はともあれ、これで僕の城に新しい住人が増えたんだ。


「わぁ～凄く美味しい」

蟻蜜でイシスが元気を取り戻した後、僕は保存しておいた肉を焼いてあげることにした。

それを一口食べてイシスが幸せそうにしていた。

「本当？　良かった。肉だけじゃ味気ないと思って蜜に漬けてみたけど正解だったね」

そう折角だから蜜を利用したんだ。蟻蜜のおかげで肉も柔らかくなったし正解だったなと思う。味もいい感じに付いているし。

そして食事を摂った後は泉に向かった。手で掬《すく》いながら綺麗な水、とイシスも喜んでくれたよ。

「あとはもう少し植物が育ってくれたら緑も増えそうなんだけどな」

「植物ですか？」

「うん。まぁそう簡単にはいかないよね」

流石に数日で伸びることもないだろうから、ある程度は気長に待つ必要があるかなと思う。

「その、もしよければ協力させて頂いてもいいですか？」

「え？　協力って？」

「そうですね……試しにこの辺りの植物の成長を早めてもいいですか？」

イシスがそんなことを聞いてきた。成長を早める、そんなことが出来るんだ！

「お願いしてもいい？」

「は、はい！　それなら生命魔法――成長促進」

おお、イシスも魔法が使えるんだね。でも、生命魔法って――するとイシスの側の植物がぐんぐんと成長していった。

「凄いよイシス！　こんな魔法もあるんだね！」

「喜んで頂けたなら何よりです」

僕が素直にイシスの魔法を褒《ほ》めるとイシスも嬉しそうに微笑《ほほえ》んだ。

さて、成長した木々を見ていると果実が成った木を見つけた。

「あ、何か実ってるね」

「はい。これはナツメヤシですね。採れる果実は甘くて美味しいです。これはちょうど食べごろですね」

木に成った実を見上げたイシスが教えてくれた。運んできた中にそんな木があったとは思わなかったよ。

早速木からもいでイシスにも手渡す。ラクも涎《よだれ》をダラダラ垂らしていたので食べられるように置いてあげた。

ナツメヤシから採れた果実は爽《さわ》やかな甘さでとても美味しかったよ。ラクもイシスも美味しそうにしていたしね。

でも、本当ならもっと待たないといけなかったところをイシスの魔法のおかげで成長を早められたんだから感謝だね！

第二章　砂漠で始まる共同生活

「うん、おはようございます。ホルス」

　イシスを城に迎えた翌日、僕は改めてイシスに挨拶《あいさつ》した。なんか一人じゃないって実感出来て嬉しかったよ。

「ンゴッ！」

「うん。ラクもおはようだね」

　近づいてきたラクの頭をイシスと撫でると喜んでくれた。

「この砂のお城、凄いですよね。夜は全《まった》く寒くない」

　砂漠の夜は寒い。昼間と違って温度が一気に下がるんだ。だから夜には開口部を全て閉じている。

　その上で夜は昼間の熱をある程度保ったままにしておいた。僕も最初は夜の冷え込みに驚いたからね。おかげで城の中は夜も寒くない。

「おはようイシス」

　さて、挨拶の後は彼女がはにかみながら申し訳なさそうに聞いてきた。

「あ、あの、み、水浴びしてもいいですか？」

　城の近くには僕が掘って出てきた泉がある。結構広いし、砂漠は暑いからね。僕も水浴びに利用してるよ。

「勿論いいよ。それならゴーレムを見張りにつけるね」

「ありがとうございます！」

　イシスは嬉しそうだ。こういう時にゴーレムは役に立つ。彼女も最初は驚いていたけど今はゴーレムにも慣れたようだよ。

「今後は好きに浴びてくれていいからね。ゴーレムはイシスの指示にも従うよう調整しておくから」

「何から何までありがとうございます」

「あ、それと今後はもっと気軽に話しかけてくれてもいいからね。僕もこんな感じだし」

　イシスはちょっと固い気がしたから一応ね。今の口調が喋りやすいならそれでもいいんだけどちょっと遠慮がちに思えたからね。

「う、うん。それじゃあありがとうホルス」

　照れくさそうに上目遣いで言い直したイシスにちょっとだけドキッとした。やっぱり可愛いなイシスは……。

そしてイシスが水浴びに向かった。その間、僕は泉を見ないようにしないとね。流石にその、女の子のそういう姿を覗き見るわけにはいかない。

イシスの水浴び……い、いけないいけない！　何を考えてるんだよ僕は。平常心平常心……

「きゃ、キャァアアア！」

だけどその時、イシスの悲鳴が耳に届いた。何かあったのか！　慌てて僕は窓から飛び出した。砂魔法で砂をクッションにして着地。

泉まで走る。するとそこにはゴーレムを相手にする大きな猿の姿。毛並みが黄色くて肩幅が広い。これまでの猿とは明らかに違う！

しかもそれが三匹もだ。ゴーレムが戦ってくれてるけど苦戦している。

「砂魔法・砂槍！」

砂の槍を十二本作成し飛ばした。一匹の猿に何本か刺さったけどこいつら体が大きい割に身のこなしが軽い。槍が刺さった大猿もそこまでのダメージはなさそうだ。

「ウホウホウホウホウホゥホォオオオオオ！」

大猿の一匹が叫んだ。かなり興奮状態にあるな。まさかイシスの水浴びを見て？　だとしたら飛んだエロ猿だよ。

「砂魔法・砂渦！」

動きの早い相手にはこれだ！　砂が渦を巻くような挙動を見せ、猿達の足が取られる。

「「ウホッ!?」」

必死に逃れようとしているけど、そう簡単には出れないよ。さてあとは――。

「砂魔法・砂巨烈拳！」

巨大な砂の拳で三匹纏《まと》めて殴りつける。大猿達は吹っ飛び砂に突き刺さって動かなくなった。

後のことはゴーレムに任せることにする。

それにしても水浴びしている女の子を襲うなんてとんだエロ猿だったね。

「イシスさん。大丈夫だった？」

「ひゃ、あ、あの」

「うわ、ごめんよ！」

やば！　うっかり振り向いちゃった！　て、手で隠していたし、はっきりとは見えなかったけど、結構大きい……いや、何を言ってるんだ僕は！

「し、城に戻ってるから何かあったらまた呼んでね――――！」

「あ、あの、ありがとうございます！」

イシスのお礼を背に受けながら部屋に戻ってベッドに飛び込んだ。

はぁ、参っちゃったなぁ。う、油断すると思い出しそう。煩悩退散《ぼんのうたいさん》！　煩悩退散！

そして暫くしてイシスが戻ってきた。改めて謝罪したけど。

「そんな！　私を守るために来てくれたんだし……それに嬉しかったから……」

気を遣ってくれたのか、優しい言葉を掛けてくれた。怒ってないみたいで良かったけど、今後は気をつけないと。

いや、それ以前に、もうちょっとゴーレムを強化した方がいいかもしれない。

だから城の外に出て、ゴーレムを呼び、構成する砂を増やした。更に二回りは大きくなったゴーレムを四体。ただ小回りが効くように元のサイズのゴーレムも残しておく。全部で十二体の砂のゴーレムで守りを固めてもらおう。

「ンゴォ〜」

「うん。これでイシスさんが水浴びしていてももう大丈夫だよ」

「わ、私のためになんかごめんね」

声がして振り返るとイシスが立っていた。見ていたんだね。

「元々守りは固めようと思っていたからイシスさんが気にすることじゃないよ」

「——その、話す時、私に遠慮はしないでと言ってくれたよね？」

「うん！　気楽に接してくれた方が僕も楽だしね」

「えっと、それなら、私もイシスと呼んでくれても、えっと、その方が、お互い気が楽になるかなって——」

イシスが提案してくれた。うん、それなら。

「なら、僕のこともホルスと気軽に呼んでね。いいかなイシス？」

「あ、うん！　ホルス！」

良かった。気のせいかイシスの笑顔に明るさが増した気がしたよ。

こうしてイシスと出会ってからの二日目は終了した。

そして三日目——僕たちの城に新しいお客さんが姿を見せたんだけど。

「アリ～」

「アリ、アリ～」

そう。そのお客さんは以前に僕が助けて蜂蜜、いやこの場合蟻蜜だったね。それを分けてくれた黄金色の蟻さん達だった。

「あれ？　ハニーアントだ」

「え？　イシス知ってるの？」

「うん。砂漠で暮らす蜜を集める蟻なんだ」

「そうだったんだね。でもよくここがわかったね～」

「アリ～アリ～」

蟻達が僕たちに向けて鳴き声を上げた。ジェスチャーで何か訴えてるけど……。

「もしかして、以前私にくれた蜜はこの子達の？」

「うん。他の蟻に襲われていたのを助けてあげたら分けてくれたんだ」

「そういうことなんだ。ハニーアントは匂いに敏感だから、蜜の匂いを辿《たど》って来たみたい」

そうイシスが教えてくれた。

「へぇ、でもよくわかったね」

「なんとなく、雰囲気で、あ、でも間違ってるかも？」

イシスがそう言うけど、蟻達が首をふるふると横に振った。これは僕にもわかるね。イシスの言っている通りだと伝えたいんだ。

「でも、わざわざここまでどうして？」

「アリ～」

「アリッアリ～」

蟻達がまた何か訴えてる。う～ん……。

「一緒に来てほしいって言ってるのかも」

イシスが顎《あご》に触れながら考察してくれた。

蟻達もぶんぶんっと首を上下させている。

どうやらイシスの言った通りみたいだけど、一緒にか。悪い蟻じゃないとは思うけど一応イシスにも確認をとっておこうかな。

「どうしようか？」

「私はホルスに任せる。でも、何か切実そう……」

ハニーアントの様子を見ながらイシスが答えた。切実か……うん、それなら。

「わかった。行くよ」

「アリィ！」

「アリリィ！」

僕たちが同行することを伝えると、蟻達がバンザイして喜んでくれた。

「ンゴゥ！」

ラクが僕の袖を咥《くわ》えて引っ張ってきた。一緒に行きたいみたいだね。

「うん。ラクも一緒に来るかい？」

「ンゴ～」

ラクは仲間はずれが嫌みたいだね。一緒に行けると知って鼻息を荒くして喜んでいる。

「じゃあ、皆僕に近づいて。あ、蟻さんは道を教えてね。それじゃあ行くよ！」

「「ア、アリィイイイ!?」」

そして僕達は砂の波で移動した。何か蟻が凄く騒いでいるけど、落ちる心配はないからね。

最初は砂の波乗りにハニーアント達も驚いていたけど段々と様子が変わってきた。

「「アリ～♪　アリ～♪」」

どうやら乗っているうちに楽しくなってきたみたいで、今はどことなくウキウキした鳴き声を上げていた。

折角だからビッグウェーブを演出してその中を移動してみたら、それもまた驚き喜んでくれたよ。

「凄い——本当にホルスの魔法には驚きだよ」

「う〜ん、でも砂がないと使えない魔法だからね」

「だとしても、逆に言えば砂があればその効果は絶大だよね！　凄いと思う！」

イシスに褒められた。それは嬉しいけど、僕からするとイシスの生命魔法の方が凄いとは思うんだけどね。

だって植物をあんなにも早く成長させたんだもの。砂魔法だと根ごと移動してくるのが精一杯だったもんね。

「アリリ〜♪」

ハニーアントの一匹が器用に指で僕達に行き先を教えてくれた。指の先にはまるで城のような巨大な蟻塚が築かれていた。

す、凄いな。砂漠にこんな大きな建造物があったなんて今まで気づかなかったよ。距離的に砂の城から感知出来る範囲でもなかったしね。

「アリッ！」

波を止めると、蟻達が入るように僕たちを促《うなが》してきた。入り口は僕達が通っても余裕があるぐらい広い。門番っぽい蟻もいたけど僕達が通る時に挨拶してくれた。

蟻塚の内部も歩くのに十分余裕がある構造だ。だけど部屋はかなり多くて、忙しそうに蟻が行ったり来たりしている。

　そして更に奥へ進むとこれまでの部屋より遥《はる》かに大きな広間のような場所に出た。そこには玉座のような物があって、一人、いや一匹？　とにかくそこに座っている蟻がいた。

　ただ他の蟻とは様子が違う。この蟻ははっきりと手足に見えるものが備わっていて、座り方も人と同じだ。

「ようこそいらっしゃいました」

「「喋った――――！」」

「ンゴォォオオオオオｘ！」

　お、驚いた。玉座に座っていた蟻が立ち上がりしかも喋った！　流暢《りゅうちょう》に！　思わず僕もイシスもラクさえも叫んでしまったよ。

「驚かせてしまいましたね。私はこの蟻塚の長。ハニーアントの群れを率いる女王です」

　あ、蟻って人の言語も解すんだ。初めて知ったなぁ。頭が良いんだね。

「あ、僕はホルスといいます」

「私はイシスです。そしてこの子がラク」

「これはこれは、どうぞ宜しくお願い致します。それにしても三つ瘤のラクダとは珍しいですね」

　女王がラクに顔を向けた。興味津々《きょうみしんしん》といった様子も感じられる。

「それにしても言葉が通じるとは驚きですね」

「私達のような王種は他の蟻とは体の作りも若干異なり、そのためか人の言語も理解し発することが出来るのです」

　確かに女王は体の作りは人に近そうだもんね。

「さて、この度はわざわざお呼びたてしてしまい申し訳ありません。実は働き蟻達から危ないところを助けて頂いたとお聞きし、是非ともお礼を言わなければならないと思いまして」

　女王蟻が話を切り出す。あの鉄みたいな蟻から助けたことだね。それでお礼をだなんて律儀《りちぎ》な蟻さんだなぁ。

「それなら蟻達に蜜を貰ったので。それにその蜜のおかげでこの子、イシスも助かったんですよ」

「はい。私が衰弱していた時にホルスが蜜を食べさせてくれたおかげで元気になれたんです。その蜜を蟻達が分けてくれたというならお礼を言いたいのはむしろ私の方です」

　イシスが敬意を表する。女王蟻はどことなく優しい表情を見せた。

「私どものお渡しした蜜が役立ったなら何よりです。それにしてもあのアイアンアントを退けるとは。ホルス様はお強いのですね」

　アイアンアント、それがハニーアントを襲っていた蟻の名称のようだね。

「いえ、砂の魔法がちょっと得意なぐらいですから」

「まぁ、砂の魔法ですか。それは凄い」

蟻の女王様が随分と感心してくれた。なんだか照れる。でも、僕の国では全く評価されなかった属性だけど、こうやって認められるのは嬉しいものだな。

「でも、同じ蟻同士でも争いになるんだね」

「醜態をお見せしお恥ずかしい限りです。ただ、以前はこんなことはなかったのですよ。アイアンアントは好戦的な蟻ですが、話がわからないわけではありません。アイアンアントの王とも一度話をし、互いの縄張りを荒らさないという条件で、それぞれの蟻に手は出さないと約束していたのですが……」

女王様が悲しそうに俯《うつむ》いた。約束は守られなかったということなようだね。

「相手側が縄張りに侵入してきたのですか？」

「はい。仲間に問答無用で攻撃を仕掛けて来たのです」

つまりアイアンアントが一方的に約束を破ったということか。

「そんなことはよくあるの？」

「我々は余程のことがない限り約束は守ります。それにアイアンアントの王は厳格な御方です。自分の言葉に責任を持てる蟻なので、約束を違えることなどありえないと思っていたのですが」

話を聞いていると、色々と不可解な点が多いようだ。

「ンゴッ！　ンゴッ！」

「はい。アイアンアントは女王ではなく、雄《おす》が王となるのです」

するとラクが鳴き女王蟻が答えた。

「ラクの言いたいことがわかるの？」

「明確な意志が乗っていれば、それとなくわかるのです」

それは凄いや。女王様は優秀だね。

「アリ〜アリ〜！」

僕たちが女王様と話していると、一匹の蟻が大慌てて駆け込んできた。女王様に何か訴えていて緊迫したものを感じる。

「そんな！　アイアンアントの群れがこの近くに！」

女王様が立ち上がる。明らかに動揺していた。

「ホルス……」

「うん。そうだね。女王様。アイアンアントを迎え撃つの、よければお手伝いしますよ」

「え？　ですが、これ以上ご迷惑を掛けるわけには……」

「気にしないでください。乗りかかった船だし、蟻達がくれた蜜でイシスも命を救われています。僕からしたらそっちの方が大きい」

お礼を伝えるために律儀に女王様は僕たちを呼んだ。だけど僕たちからしてみればお礼を言いたいのはこっちの方だったしね。

だからこそここでお返しさせてもらう。

「……情けないお話ですがハニーアントの戦闘力はアイアンアントに比べるとかなり落ちます。手を貸して頂けるならこんなにありがたいことはありません」

「うん！　決まりだね！」

「私も行きます！　生命魔法が何か役に立つかもしれません！」

「ンゴォ！」

「ラクはここで待っていて。女王様のことを見守っていて欲しい」

「ンゴ？　ンゴッ！」

ラクが鼻息を荒くさせて張り切った。まぁ建前ではあるんだけどね。アイアンアントの戦闘力が高いならラクは待っていた方がいい。女王様もそれを察したのかラクが残ることには何もいわなかった。

「……一つお願いが。甘いと思われるかもしれませんが、相手を殺さないであげて欲しいのです。私にはどうしてもあの王が理由もなしにこんなことをするとは思えなくて……」

女王様が頭を下げる。彼女としては理由がはっきりするまでは出来るだけ手荒な真似は控えたいようだ。

「うん。わかったよ。出来るだけ死なないようにするけど、ただ、どうしようもない時は遠慮はしていられないから」

「はい。それは勿論わかっております」

そして僕達はハニーアントについていってアイアンアントの群れがやって来てる場所に向かった。

「あれか！　既に戦闘が始まってる！」

「怪我してる蟻があんなに……私、治療してきます！」

「え？　そんなことも出来るの？」

「寧《むし》ろ生命魔法は治療で真価を発揮するんです」

なるほど。確かに言われてみればそうかもしれない。

イシスは傷ついたハニーアントの治療に専念している。なら僕はアイアンアントを追い払うことを考えなきゃ！

周囲に目を向けて相手の数を先ず確認する。アイアンアントの群れ——全部で二十匹といったところか。でも大きな蟻だから二十匹でも結構な迫力だ。

ハニーアントも懸命に戦っているけど、やはり肉体的に差がありすぎる。アイアンアントは文字通り全身が鋼鉄に覆われているような蟻だ。

ハニーアントの攻撃では皮膚を通せない。無駄に被害が増すだけだ。

「ここからは僕に任せて皆は下がって！」

ハニーアントに向けて呼びかける。僕が助けたハニーアントもそうだけど、言葉は通じなくてもこっちの意志をある程度理解する知能はある。

「アリ～」

「アリッアリッ」

よし、戦っていたハニーアント達が後ろに下がり退いてくれた。当然アイアンアントは追いかけていくけどその分動きが読みやすい。

「砂魔法・流砂！」

砂魔法を行使すると、アイアンアントの群れを飲み込むほどの流砂が発生。柔らかくなった砂に足を取られ、更にズブズブとアイアンアントが沈み込んでいく。

そして最終的に一気に地盤が下がりアイアンアントが落ちていった。

「ふぅ、上手くいった」

アイアンアントは体が鉄だし、これぐらいでは死ぬことはないだろうけど、ダメージはそれなりにあった筈だ。これで諦めてくれればいいんだけど。

「「「「アギィ！　アギィイイイイ！」」」」

しかし、アイアンアントは顎を鳴らして、僕達に向けて怒りの声を上げていた。

まだ完全には諦めていないか。仕方ないな。

「砂魔法・大砂波！」

巨大な砂の波がアイアンアントを押し流していく。加減はしたから死ぬことはないだろう。

どっちにしろこれで強制的に排除することは出来た。

「凄い。ホルスは流石です」

「「「「アリ～アリ～」」」」

アイアンアントとの戦いが終わると、イシスがやってきて労《ねぎら》ってくれた。僕からしたらイシスも流石だと思うよ。蟻達の怪我も治ってるしイシスに感謝しているのもわかる。

「イシスも凄いよ。完璧に傷も治ってるようだし蟻達も感謝しているようだよ」

ハニーアントがイシスを囲んで踊るように回ってるしね。イシスも笑顔だ。砂だらけの砂漠で一輪の綺麗な花を見つけたかのような気持ちになれる、そんな可憐な笑顔だった。

さて、一先ずアイアンアントは追い払ったけど、また攻めてくる可能性はあるよね。

今後についてはよく考える必要があると思う。だから女王様に報告ついでに今後の対応について どう考えているか聞いてみることにした。

「先ずは度々お助け頂きありがとうございます。本当になんとお礼を言っていいか」

「ンゴォ♪」

女王様にお礼を言われた。そしてラクが頭を僕に擦り付けてくる。無事で良かったと喜んでいるようだ。

「ンゴォ……」

背中を撫でてやるとラクは気持ちよさそうに目を細めた。さて、改めて女王様の話を聞く。

「――アイアンアントの王に会ってみようと思います」

「え？　女王様がってこと？」

「はい」

決意めいたものが浮かぶ様相で女王様が言う。どうやら直接話し合って事態の終息を図ろうという考えのようだ。

「でも、危険ではありませんか？」

「今のアイアンアントの様子を見るに確かに安全とは言えません。しかし、仲間が必死に働き私を守ろうとして傷ついています。女王の私が指を咥《くわ》えて黙っているわけには行きません」

なるほど。女王としてということか。使命感が強いんだね。

「ホルス……」

「うん。言いたいことはわかるよ」

イシスが目で訴えかけてきたから女王様に提案した。

「それなら僕達にも協力させてもらえるかな？　乗りかかった船だしやっぱり黙って見過ごせないもんね」

やっぱり困ってる蟻を放ってはおけないもんね。

「しかし、これは蟻同士のいざこざです。それに巻き込むわけには……」

「でも、もう関わったしそれに、イシスの件は本当に感謝してるんだ」

「ですが」

女王様には戸惑いが見られた。僕達に迷惑はかけられないってことらしい。優しい女王蟻だね。

「なら、その代わり、報酬として取引出来る蜜をもっと増やしてもらうってことだとどうかな？」

「私もあの蜜は大好きだから助かります！」

「ンゴッ！　ンゴォ！」

ラクは僕も僕もぉと言ってるみたいだ。きっと蟻蜜が欲しいんだね。

「――ありがとうございます。それではお言葉に甘えさせてもらっても？」

「勿論さ！」

「私も頑張って援護します！」

「ンゴ！」

ラクも鼻息を荒くして張り切ってるね。折角だから女王様にはラクに乗ってもらうことにした。

ラクも着いて来たがってるし、ラクに乗っててもらったほうが守り易い。

女王様は蟻の中で厳選した数匹を同行させることにしたみたいだ。ラクに乗った女王様の周りを兵隊の蟻で守る形。僕は先頭に立ち後方にはイシスが控えた。

「よし、じゃあ移動を開始するよ」

僕の砂魔法で波を発生させ移動する。

「話には聞いてましたがこれは凄いですね」

「「アリ～アリ～」」

「ンゴッ！」

女王様が驚いている。蟻とラクは楽しそうだね。

「場所はこっちでいいの？」

「はい。このまま真っ直ぐ行くとアイアンアントの巣が見えてくると思います」

女王が指、なのかな？　とにかく腕を向けて方向を示してくれたからその通りに進んだ。

すると、確かに何かが砂漠に建っていた。近づいていくにつれその様相が明らかになっていく。

「まるで砦《とりで》だなぁ」

それは随分と黒くてゴツい巣だった。同じ蟻塚でもハニーアントのとはまた違う。見た目はかなり堅牢《けんろう》で塚というよりまさに砦だ。

ご丁重に入り口には扉まで設置されている。扉の前には門番と思われる蟻がいた。こちらに気がつき槍を構える。

「ホルス様――」

「うん、出来るだけ意識を奪う程度に収めるようにするよ」

身構えるアイアンアントの兵士に大砂波を発動した。巨大な砂の波が兵を飲み込み扉もこじ開けて突き進む。

「こっちもこのまま突っ込むよ！」

そして僕達はアイアンアントの砦に侵入というより突入した。

内部は大分広いね。そして入ったらもう砂はなかった。

僕の魔法には砂が必要だから一緒に流れてきた砂を持ち込むことにする。砂球《すなだま》という魔法で球体にした砂を操ってる形だ。

さてアイアンアントの砦に侵入した僕達だったけど、やっぱりアイアンアントの兵隊が沢山控えていた。槍を持ったアイアンアントが大量に向かってくる。

「アギィ！　アギィ！」

「砂魔法・砂縛《さばく》！」

僕の魔法で砂がアイアンアントにまとわりつきその動きを封じた。ふぅこれで傷つけずに先に進める。

でも、これで動きを封じていくと砂の量は減ってしまう。持ちこんだ砂には限りがある……気をつけないと――。

「それにしても凄い砦だね。一体何で出来ているのかな？」

ふと、イシスがそんな疑問点を口にした。確かにこれだけの砦だと鉄も相当使われてると思うけど。

「砂鉄ですね。アイアンアントは砂鉄の豊富な場所に居を構える習性があるのです」

「え！」

女王様の思いがけない言葉に思わず声が漏れた。

「ということは、この壁なんかも砂鉄で？」

「恐らくはそうかと思います」

なんてことだ。だとしたら、もしかして――。

「鉄砂縛！」

僕は試しに壁を意識して砂の魔法を行使してみた。すると案の定、壁が崩れやってきた蟻達にまとわりつきその動きを封じたのだ。

「凄いホルス。まるで壁が生き物みたいに」

イシスが褒めてくれた。周囲の壁は確かに鉄みたいでとても頑丈そうだ。でも元が砂鉄、つまり砂なら僕にだって操れる。

「ここが砂鉄の砦で良かった。これなら僕の魔法で自由が利く！」

砂を持ってきたけど、それよりも多くの砂がここにはある。しかも砂鉄のほうが縛る力も強くなる。

「鉄砂縛！」

「「「「「「アギィ!?」」」」」」

やってくるアイアンアントは全て僕の魔法で動きを止めた。手持ちの槍も砂鉄なら僕の魔法が及ぶ。槍を砂鉄に戻しそして蟻の全身を砂鉄で固めるだけでもう動けない。

「えっと、こんなに軽々と進めてしまっていいのでしょうか？」

女王様が小首を傾《かし》げる。お付きの蟻達も困惑気味だけど、別に相手を叩きのめすために来たわけじゃないからね。

出来るだけ傷つけないって話だったし、こうやって動きを封じるだけで済むなら女王様の願い通りにすむ。

さて、そうやって次々とやってくる蟻達を砂鉄で固めながら進むと大きな広間のような部屋に着いた。

そこには玉座が置かれていて、どことなく威厳ある風貌の蟻が座っていた。

女王様のように体の構造は人に近そうだ。体には重厚そうな鎧を纏っていて長大な槍を手にしている。

「まさか女王自らここまで乗り込んでくるとはな――しかも人を引き連れて」

「アイアンアントの王よ。今日は貴方と直接話し合いたくて来ました！」

驚いたことにアイアンアントの王も人語を解して女王と話していた。どうやら蟻の王種は言葉を理解して話したりとかなり知能が高いようだね。

「話し合い？　そんなものは必要ない！」

「何故ですか王よ！　以前の貴方はここまで強引ではなかった筈です！」

「黙れ！　だまれ！　ダマレ！　お前たちは死ぬのだ！　シヌノダ！　殺す！　全てをコロス！」

うん？　最初は随分と頭の良い蟻だなと思った。だけど、今の口調には違和感がある。女王が以前は話のわかる王だと言っていたけど、今のアイアンアントの王からは理性が全く感じられない。

「今すぐコロス！」

「砂魔法・鉄砂縛！」

「ぐぉ！」

アイアンアントの王が立ち上がりかけたけど、魔法で動きを封じた。王が座っている玉座も元は砂鉄。それなら僕の魔法で操れる。

「ぐう、解けえぇぇぇぇぇぇぇエッ！」

アイアンアントの王が絶叫する。だけどそう簡単に解くわけにはいかない。

「砂魔法・砂感知！」

僕はそこから更に魔法を行使する。感知するのは王自身だ。砂で動きを封じているからその砂鉄を利用して感知出来る。

「え？　これは……」

「どうかされたのですか？」

僕の反応に気がついた女王様が聞いてきた。

「うん。あの王の頭にもう一つ別な生命反応があるんだ」

「え？　生命反応がですか？」

「ンゴッ！」

これにはイシスもラクも驚いたようだ。だけど、そういった魔物に心当たりがある。

「恐らくこれは寄生型の魔物だ。頭に寄生してあの王を操っていたんだと思う」

「な、なんとそうだったんですか！」

女王様が驚いていた。まさか寄生されてるなんて思わなかったんだろうね。

だけど頭の辺りに反応がある以上間違いないと思う。

「それなら私の生命魔法でどうにかなるかな？」

「今はまだ意味はないかも。だから僕がなんとか魔物を砂で剝《は》がそうと思う。その後はイシスの魔法で回復してあげて欲しい」

「うん！　やってみる！」

イシスが真剣な顔で頷いた。一方で女王様が心配そうな顔を見せる。

「ですが、頭の中に寄生している相手を上手く取り出せますか？」

「相手の頭を操っているから脳の機能は無事な筈だ。実際喋ったりは出来ているし、反応的にもそこまで奥まで侵入していない。後頭部に擬態して密着しているタイプだと思うんだ」

だからやってやれないことはない。ただそれでも出来るだけ傷つけずに剝がす必要があるから、かなりの集中力が必要になる。正直鉄砂縛の効果は維持出来ないな。

「砂魔法・砂鉄人形《さてつにんぎょう》！」

周囲の砂鉄を利用して砂鉄の人形《ゴーレム》を作る。

「皆、王が動き出したら全力で押さえつけるんだ！」

人形達が力強く頷いた。よし、なら寄生魔物を外しに入ろう。

「あ、王が！」

「うん。でも大丈夫。人形が何とかするから」

鉄砂縛の効果が薄れて王が立ち上がり槍を片手に近づいてくる。だけど、すぐに砂鉄の人形が動いて王の封じ込めに入った。

砂鉄製だから頑丈だしそう簡単には抜け出せないだろうと思っていたけど――。

「ウォォオォオオオ！」

アイアンアントの王が槍を回すと人形達が弾き飛ばされた。すぐにまた押さえつけに掛かるけどあの王様戦闘力が相当高い！

こっちも急がないと。とにかく慎重に、慌てるな慌てるな――。

「あ、一体やられました！」

「私達の問題なのに、ホルス様だけに任せるわけにはいきません！　私達も！」

「待って。万が一のために力は温存しておいて。人形はまだ残ってるから！」

そう言いつつ、追加で数体作っておいた。そして再度王の頭に意識を集中させる。砂感知を利用しての操作で上手く剝がして、この爪のようになってるところを剝がしていけば――くっ、ゴーレムがまた一体、更に、本当に強いな。だけど、ここを剝がせば――。

「キシャァアァアァアアア！」

「よし剝がれた！　イシス！」

「はい！」

寄生型の魔物から逃れたことでアイアンアントの王が倒れ、すぐにイシスが動いた。生命魔法で回復するつもりだ。そして僕は逃げ出そうとした寄生魔物を砂で捕まえた。

「キュピィイイイイイィィイイ！」

「こ、これが寄生魔物？」

女王の忌避感《きひかん》が凄い。でもわかる気がする。寄生魔物は見た目もグロテスクだからね。

「悪いけど放ってはおけないからね」

僕は捕まえた寄生魔物を砂で押し潰した。これでとりあえずは安心かな。アイアンアントの王も正気を取り戻す筈だ。

今、王はイシスの魔法で治療を受けていた。慎重にやったから脳にダメージは残っていないだろうけど寄生されている間に大分体力も消耗しているだろうし、僕の砂鉄人形を相手して全く無事だったわけでもない。

アイアンアントの強さはかなりのものだったから手加減する余裕もなかったしね。だからこそイシスがいてくれて良かったと思う。

「う、うん？　ここは？」

「良かった。気がついたのですね」

「む、に、人間だと！」

「キャッ！」

アイアンアントの王が飛び上がり、距離を一旦取って身構えた。槍は念のため奪っておいたけど、かなり警戒している。

「お止《や》めなさいアイアンアントの王！」

「む、お前は、ハニーアントの女王？　何故ここに？」

「え～とそれは――」

とにかくこのまま誤解されたままというわけにもいかないから、僕や女王からこれまでの経緯を説明した。

「そうだったのか……まさか頭を魔物に支配されていたとは」

僕達の説明を受けて、アイアンアントの王が俯き加減に答えた。話は信じてもらえたようだ。彼自身ここ最近の記憶がないようで、それで受け入れてくれたわけだ。

「不覚！　この我がそのような魔物に後《おく》れを取るとは！」

近くの壁を叩きつけ、随分と悔しがっている。王として不甲斐ないと思っているのかも知れない。

「仕方ないですよ。寄生していた魔物は気配を消すのも上手で、僕も砂感知で調べていなければ気づけなかったでしょうし」

「――そうか。しかし世話をかけてしまった。まさか人に助けてもらえるとは思わなかったが、本当に感謝する」

アイアンアントの王が深々と頭を下げてきた。ハニーアントの女王が言っていたけど、確かに話のわからない蟻ではないようだ。

「そなたも魔法で治療してくれたそうだな。本当にありがとう」

アイアンアントの王はイシスにもお礼を言ってくれた。

「ンゴッンゴッ」

そして何故かラクが気にするな、みたいな空気を出している。だけどなんとも憎めない。

「それにしても、これだけの真似をしてしまい、女王には何かお詫びを、そしてそなたには救ってもらった礼をせねばならないな」

「いえ、そんな気にしないでいいですよ」

「そうはいかん！　アイアンアントの王として、恩義に報いねば！」

「それは私も同じ気持ちです。是非とも礼を尽くさせてください」

どうやら蟻はアイアンアントにしろハニーアントにしろ、かなり律儀な性格なようだね。

「それなら、あ、そうだ！　よかったら砂鉄を少し分けてもらうことは出来ますか？　女王様には前も言ったけど蜜を分けてもらえると嬉しい」

「何？　砂鉄をか？　そんなものでいいのか？」

そんなものと王は言うけど僕にとっては重要だ。やっぱり鉄があると違うし。

「ホルスは城を一つ所持していて、その強化に砂鉄が必要なんです」

するとイシスが王に答えてくれる。うん、まさにそれだよ。それに他にも鉄は色々と役に立つ可能性が高い。

「なんと城を！　そなたは人の王であったか」

「いや、王というほどではないのだけど……」

「私の世話をしてくれている蟻から聞きましたが凄く立派な城を所有しオアシスまで所持しているそうなんですよ」

「なんとオアシス！　そ、それは真《まこと》か！」

するとアイアンアントの王が随分と喰い付いてきた。

「え、えぇありますけど、それがどうかされましたか？」

「そ、それならば、是非水を分けてはもらえぬか？　その助けて頂いておいて誠に申し訳ないのだが……」

「え？　水？」

どうやら随分と切羽詰まっているようだね。

「そういえば、アイアンアントは私達よりも更に水が大事とされる蟻です。けれど、この辺りは小さいながらも川が通っていたのでは？」

「へぇ砂漠にも川が通るんだね」

「条件次第では……ただ量は多くないのです」

そうなんだね。ただ、アイアンアントの王はどこか心苦しそうだ。

「その川も最近枯れてしまい、我々も水を求めて探索したりしていたのだ。思えば我の記憶が途切れたのも水を探し求めた辺りからであった」

そうか。その間に寄生魔物にとりつかれたんだね。

「しかし、王自ら出て水を探したりするのですね」

「当然である。水がなければ兵が死ぬ。そのような大事なものだからこそ、我が自ら探さねば示しがつかぬ」

そうか。仲間思いの良い王様なんだね。

「それでどうだろうか？　勿論水を分けてもらえるならここの砂鉄を全て譲ってもいい！」

「えぇ！　いやいやそこまでは別にいいですし、水も好きに持っていってください」

「な、何！　いいのか⁉」

「勿論ですよ」

　オアシスの水には余裕があるからね。困ってる彼らを放ってはおけないし。

「恩に着る！　本当にありがとう！」

「あはは、あ、それなら、良かったら今から城まで来ますか？　オアシスを見てもらって判断頂ければ」

「なんといいのか！」

「えぇ、あ、勿論体調面で厳しければ後日でも」

「いや、ならば今行こう！　すぐにでも行こう！」

　アイアンアントの王が行きたがりハニーアントの女王も着いてきてくれるようなので、僕はまた皆で砂の波に乗って移動した。

「おお！　こ、これはまた凄いな」

「慣れると快適ですね」

　アイアンアントの王はびっくりしていたけど、やっぱり砂の波に乗って移動すると早いんだよね。

そして僕達は無事城に辿り着いた。

「なんと砂で出来た城であったか。しかも屈強そうな兵までこんなに！」

「まぁ兵と言っても僕が作成した砂の人形ですし、この城も魔法で作ったものです」

「いや、これだけの兵と城を魔法で作成したのが凄いと思うのだが……」

え？　そうなの？　どうも国では砂魔法なんて使い物にならないって馬鹿にされ続けたから実感がわかないんだよね。

そして僕はオアシスに蟻の王を連れて行った。

「み、水だ！　しかもこんなに沢山！　ほ、本当にいいのか？」

「はい。どうぞお好きなだけ」

「な、なんということだ――」

アイアンアントの王は僕を振り返り、そして深々とまた頭を下げて感謝してくれた。こう何度も頭を下げられるとかえって申し訳ない気がする。

「水一つでそこまで頭を下げなくても……」

「とんでもない。我は人という連中はもっと強欲で傲慢《ごうまん》な生き物だと思っていた。考えを改めなければな」

感慨深そうにオアシスを眺めながらアイアンアントの王が言った。まぁそういう人も確かに多いのだけどね。

「う〜んでもこんなに喜んでくれたなら悪い気はしないよね」

「はい。それにホルスは立派だと私は思います。いくら困ってるからと言っても、やはりそう
そう貴重な水は譲れるものではありません」

イシスがそう言って微笑んでくれた。そう、なのかな？　だけど僕としては余裕があるから
そう思えているだけなのかも知れない。

「は！　ホルス様！　もしやあれはナツメヤシでは！」

するとは今度はハニーアントの女王が興奮気味にナツメヤシを指さした。

「ナツメヤシが好きなの？」

「はい！　私達は果物にも目がなくて。食べた果実でもまた蜜の味に変化が生まれたりするん
です」

なるほど。聞くにどうやらナツメヤシなどを摂ることでより美味しい蜜が作れるんだとか。

「なら、あれも持っていっていいよ」

「いいのですか!?」

「うん。その代わりこっちも蜜を貰うし、美味しくなるなら嬉しいしね」

「あ、ありがとうございます」

ハニーアントの女王にも随分と感謝されてしまった。

「――決めたぞ！」

「え？　決めた？」

突然アイアンアントの王が声を張り上げ拳を握りしめた。決めたって何をかな？

「ホルス王よ。どうか我をそなたの配下に加えて貰いたい」

「え？　ええええええええええ！」

「そ、それでしたら私も、どうかお願い致します！」

「女王様まで！」

ま、まいっちゃったなぁ。急な申し出でどうしていいかわかんないよ。

まいったよね。大体僕は別に国を造っているわけでもないからな～確かに城は出来たしオアシスも生まれたけどね。

「ごめんなさい。申し出は凄くありがたいのだけど……」

流石に僕には勿体ない話だからここは断らせて貰ったよ。

「やはり、そうであったか。我のような寄生型魔物に乗っ取られるような頼りない蟻では王のお目に叶うわけもない」

「私も、思えば王に頼ってばかりで何も出来ませんでしたし」

え、えええぇええ！　王と女王がしゅんっとしてそんな弱気な発言をしだしたよ！

「ち、違う違うそうじゃないよ！　むしろ二人とも僕の配下なんて勿体なさすぎだもの！」

「なんと勿体ないお言葉！　恐れ多すぎますぞ王よ！」

「全くです。寧《むし》ろ私達など王の御心に比べれば些末《さまつ》なる存在でしかありません」

ええ、いや、流石にそれは自己評価低すぎると思うんだよね。

「どちらにしてもその王というのも……確かに城を造ったけどここは別に国というわけじゃないんだし」

「なんと勿体ない！　これだけの城とオアシスをお持ちなのに国としないのは……人ならばすぐに周囲を自らの領土に変えてしまいそうですが」

あ、蟻から見た人のイメージってそんな感じなんだね。

「う〜ん、どちらにしても僕としてはそこまで国としての形態に拘《こだわ》ってないし、配下というのもね。ただ、もしよかったら友達として仲良くしてくれたら嬉しいかな」

「ともだち、ですか？」

「うん。折角こうして知り合えたんだし、僕もまだイシスとラクしかこの辺りでは知り合いもいないからね」

「流石ホルスです！　私もそれでいいと思います」

「ンゴ！　ンゴ！」

イシスとラクもこれには賛成のようだね。やっぱり友達は多い方がいいもの。

「友、ですか——なるほど。それであれば我は友として王をお守りし一生尽くすことを誓いましょう！」

「右に同じです！　王の友として生涯王のために尽くします！」

え、えええ……それもまた、なにか違うような……。

「そうだ！　この際だから王、我々と同盟を組んでは貰えぬか？」

同盟……国と国がよく結ぶあれか。僕は国を持ってるわけじゃないけど、凄く期待に満ちた目をしているし、それに配下よりは対等な感じがしていいかもね。

「わかった同盟を結ぼう！」

「おお！　では我々はこれで王の下に付くことが出来たのですな！」

「はいアイアンアントの王よ。私達で一緒にホルス王とこの国を盛り上げましょう！」

あ、あれ？　何か想定と違うような？　き、気のせいかな？

とにかくこれで僕たちは同盟を結ぶことになった。

「それでは僕は今日この時をもって、あ、そういえば王と女王には名前はないの？」

ふと気になって聞いてみた。このままアイアンアントの王とかハニーアントの女王というのも味気ない気がしたし。

「名前ですか……人には名前を決める文化があるとは聞いておりましたが私には特にそのようなものはありませんね」

「我にもないな……だがこれは丁度良いではないか。ホルス王よ。どうか我の名前を決めては貰えぬか？」

え？　僕が名前を？

「それであれば、私にも是非名前を授けて欲しいです！　お願いします王よ！」

「えぇ！　僕が二人の名前を？　というか、その王というのはちょっと。僕、王ではないし」

「なんと気に入られませんでしたか？　は、そうか人の世では王を陛下と！」

「違う違う！　そうじゃなくて普通にホルスでいいってば！」

「流石にそれではあまりに不敬では……」

「気にしないよ～」

「なんと慈悲深い！」

いや、本当そんなのじゃないんだけどなぁ。

「では、ホルス殿とお呼びしても？」

「ま、まぁ王よりは……」

「承知いたしましたホルス殿！」

どうやら王と女王はとりあえずそれで納得してくれたようだ。さて、名前に関してはどうしても僕につけて欲しいらしい。

う～ん、でも確かに名前はあったほうが便利だよね。呼びやすいし。

「本当にいいの？」

「はい！」

「是非に！」

それなら、そうだな。こういうのはあまり得意ではないんだけど。

「女王は……メルでどうかな？」

「す、素晴らしい名前です！　王より賜りしこの御名前、生涯大事にさせて頂きます」

な、何か大げさなような。そしてアイアンアントの王も凄くワクワクしているような雰囲気を感じる。

そして王の名前は実はわりとピンっと思いついたんだよね。

「王は——アインでどうかな？」

「アイン……我の心にすっと落ちてくる、いい御名前です。メル同様、一生大切にし王に尽くします！」

いや、だから王はやめて欲しいのだけど……そう思った直後、突如メルとアインの体が光りだした。

え？　どうなってるの？　かと思えば徐々に光が収まっていき、て、えぇぇぇぇぇぇぇ！

「こ、これってもしかして進化した？」

「ンゴ！　ンゴォオオオオ！」

イシスも目をパチクリさせて驚いていた。ラクもびっくり仰天といった様子だ。

うん、でもそれぐらいの変化だ。だってメルもアインも見た目にはほぼ人間と変わらなくなってしまっているもの。頭の触角に名残があるぐらいかなぁ？

「で、でもどうして急に人化を？」

「こ、これは凄い！」

「驚きました。まさかこのような見た目に変わってしまうとは」

「ご、ごめんなさい！」

僕は思わず謝ってしまう。理由はよくわからないけど、なんとなく僕の名付けのせいな気がした。

「何を謝られる必要がありますか王よ！」

「そうですよ。それにこの姿になってから何か力が溢《あふ》れてきているような気がするのです」

「おお！　メルもか。実は我もなのだ。むぅ槍があればこの生まれ変わった実力を披露出来るというのに！」

何かアインやメルがやる気を出している。とりあえず人化したことは気にしてないどころか光栄に思っているんだとか。

それならよかったけどね。でも、まさか名前をつけたら人化するとはおもわなかったよね。

それにしてもアインは、見るからに屈強なそれでいて凜々《りり》しい王といった感じに、メルはなんというか凄く幼い感じの女の子に変わってしまった。

ただ、メルの胸は、お、おっきぃ……。

というか、アインは体が鎧みたいになってるけど、あ、あうぅう！　そうだ！　メルは服を全く着ていないじゃないか！

「あぁ！　なんと王よ！　大丈夫ですか！」

「いや、その、メルさん、服……」

「え？　服とは人が身につけているようなものですか？　ご、ごめんなさいそういう文化には疎くて……」

確かに蟻だったからわからなくはないけど、ちょっと僕には刺激が強すぎた。鼻血は出てくるし大変だったよ。

とにかく、一旦は砂をローブのように変化させて纏ってもらった。

「ふぅ、アインは着ているのにね」

「はて？　着ているとは？」

「鎧だよ。アインは鎧姿だよね？」

「なるほど。ホルス殿にはそう見えるのですな。一応これでも我はメルと同じく特に何かを着ているというわけではないのですが」

そうなんだ……アイアンアントはもともと硬い皮膚が特徴の魔物だったし、人化したことでそれが鎧みたく変化したのかも知れない。

何はともあれ、これで最初は何もないと思っていた砂漠にも、また二人仲間が出来た。

一応同盟ということにはなってるけどね。でも、こうやって知り合いが増えていくのは嬉しいよね。

うん、嬉しいけど。

「主殿、おはようございます」

「おはよう御座います主様」

「あ、うん。おはよう――」

朝、城で二人に挨拶する。そう、どういうわけか結局二人は僕と同じ城で暮らすこととなった。

発端はメルからで、ナツメヤシもあることだし、可能であれば互いの交易が便利になるよう、この城の近くまで巣を移動させて貰えると嬉しいと言ってきたことだった。

僕としては蜜が近くでやり取り出来るなら便利だしということで二つ返事でオッケーしたのだけど、それに対抗したのがアインで、今度はアインが僕を守るためにも城に住まわせて欲しいと言い出したんだ。

ただ、アインの場合はメルみたいに簡単ではない筈なんだけどね。アインの巣、というか砦は砂鉄が豊富な場所に建てられた物だから砦ごと移動というわけにもいかない。

だからアインは砦とその周辺は代理の蟻を決めて任せて城に住み込んだわけ。

メルには許可を出したのにアインは駄目というのも心苦しいから、結局そのまま許可しちゃったんだ。その後はどういうわけか呼び方も主殿や主様で統一されちゃったよ。

さて、この日はアインやメルも交えての朝食となった。狩ってきた獲物やナツメヤシでの食事だ。

サボテンも食べられるし水もあるからそれなりの食事は摂れるね。余った材料は砂の中で真空にして保存してある。

ただやっぱりここは砂漠だしいつ何がどうなるかわからない。食料は出来るだけ狩っておいた方がいいかなと思って今日はアインやメルも一緒に狩りにやってきた。

「主殿！　ここは我におまかせを。主殿から頂いたこの宝槍で獲物を仕留めてみせます！」

そう言って槍で砂を叩いた。う～ん、今アインが持っているのは元はと言えば僕が砂鉄に変えてしまった槍の代わりに魔法で作成したものなんだけどね。

だけど、随分と喜ばれてしまった。まぁ嬉しがっているならいいかな。悪い気もしないし。

砂漠についての知識はアインやメルの方が詳しかった。今相手しているのは僕もここに来てすぐに相手したライオンだ。

「あれはヴュステレーヴェですね。魔獣です」

メルが教えてくれた。あ、やっぱり見た目がライオンの魔獣だったんだ。どうりで爪の威力も高いと思った。

「アイン一人で大丈夫？」

「問題ありません。進化した我であればこの程度――」

そう言ってヴュステレーヴェという魔獣の前に姿を晒《さら》した。魔獣はアインに気がつき唸り声を上げている。

「ふん、我に勝てる気でいるとは笑止！　さぁ来るが良い！」

「ガルルルゥウウウウ！」

ライオンの魔獣がアインに飛びかかる。だけどアインは軽くライオンの一撃を避け、槍を回転させた。ヴュステレーヴェの脇腹が深く抉れる。

「ガ、ゥゥ――」

「これで終わりだ！　ハッ！」

アインが槍を振るうとライオンの魔獣が吹き飛び砂漠を転がった。砂感知で探ってみたけど見事に倒されている。

「アイン凄い！　それに今、離れていたのに攻撃が届いたよね？」

「魔力を槍に乗せたのです。魔法こそ使えませんがこういった戦い方なら可能なのです」

「凄いや！　流石アイアンアントの王だね」

「なんと！　主殿にお褒め頂くとはこのアイン、光栄の極み！」

僕の目の前でアインが片膝をついた。いや、流石にちょっと大げさかなと思うのだけど……。

「主様！　次は私がやってみます！」

次はメルが宣言して空を見上げた。そこに見えるのは一羽の鳥だった。

「デザートイーグルですな。あれも中々美味ですが、メルよ相手は空にいるのだぞ？」

「まぁ見ていてください」

するとメルが何と光の弓矢を作成しデザートイーグルを狙い撃ちした。矢が突き刺さった鳥が真っ逆さまに落ちてくる。

「それって、まさか光魔法？」

「はい。主様によって進化したことで使えるようになりました」

そうなの!?　いや、何かしれっと教えてくれたけど光魔法って結構貴重な属性なんだけどね……。

「みんな凄いよ。メルは光の魔法だしアインは槍の天才、そしてイシスは生命魔法だ。僕なんて霞《かす》んじゃうぐらいだね」

「いえ、流石にそれはありえません」

「主様の魔法に比べればこの程度」

「砂の城を作ってオアシスも発生させ、砂のゴーレムを多数使役するホルスに比べると私なんて全然だよ」

「ンゴ！」

あれ？　僕が皆を褒めたつもりだったんだけど、何か逆に持ち上げられてしまったような……。

う～ん、でも僕は砂を操れるだけだもんね。そんなに凄いとも思えないんだけど。

「あ！　ホルス見てください！」

するとイシスが何かに気がついたみたいで、砂漠の一点を指さした。そしてイシスと一緒にその場所に向かうと、何か植物が生えていたよ。

「これはトウモロコシ？」

何か色の白い穀物っぽいのが生えていたんだよね。

「いえ、これはソルガムです。しかも白いのは栄養価が高くて凄く美味しいのですよ。砂漠でこれが見つかるなんて凄くラッキーです！」

イシスが興奮気味に話してくれた。生命魔法を扱うからかイシスは植物に詳しいんだよね。

うん、イシスも教えてくれたし折角だからこのソルガムは回収させて貰うことにした。なんでもパンにしてもいいらしいよ。やった！　これでまた食卓が華やかになるね！

ソルガムを採取したのは正解だった。しかもイシスの魔法のおかげでオアシスの周囲に畑が出来た。

僕の砂魔法で砂をある程度均《なら》したというのもあるけどオアシス周辺に良い土になる砂が出来たおかげで、あとはイシスの魔法と合わせて良い畑が出来たわけ。

そこにソルガムを植え替えて育てていった。イシスの生命魔法があるからソルガムはすくすくと育ちすぐに収穫が可能となったんだ。

このソルガムの良いところはとても手軽に美味しいパンが食べられることだ。ソルガムを粉にして水を混ぜて捏《こ》ねて焼けば出来上がりだ。とってもシンプルだけど味はいい。

「普通のソルガムだとちょっと苦味が強いけど、白いソルガムはそれがないし栄養も豊富なの」

そうなんだね。イシスは物知りだなぁ。そしてメルから分けてもらった蜜を塗って食べるとこれがまた美味しくて、ふぅ、本当採ってきてよかったよ。

「それで主殿。今日はどうされますか？」

「そうだなぁ」

アインが今日の予定について聞いてきた。ベースは出来てきた。砂漠とはいえオアシスになったから畑も用意出来たしね。

そして、今はアインが好意で分けてくれた砂鉄がある。うん、そうだ。

「折角アインが分けてくれたんだし、砂鉄を砂の城に組み込んでみようかな」

「おお！　それは凄くいい手だと思いますぞ！」

相変わらずアインは僕に疑いなく賛同してくれる。

メルとイシスも文句はないみたいだけどね。もともとイシスも砂鉄の利用方法にそれを想定していたみたいだし。

というわけで今日は城を見て回って、とりあえず砂の上に砂鉄を被せて薄く鉄でコーティングしてみた。なんか凄く頑強そうになったかも……。

「いやはや、これは立派ですな！」

「でも、ちょっと物々しいかな？」

「いやいやこれぐらいインパクトがあった方がいいと思いますぞ」

砂漠の真ん中でインパクトっているのかなぁ？　とりあえず壁も砂鉄で作り変えたけどね。ただ、鉄だけだと靭《しな》やかさが足りないから砂もある程度残してあるけど。

う～んでもやっぱり――。

「戻してしまわれたのですか？」

「見た目はね。やっぱり砂の城の方が温かみがある気がしてさ」

「わかります。私も砂の城の方が味わいがあっていいかなって思うもん」

「はい！　私もこちらの方が好きです。それに主様に合っている気がします！」

イシスも同意してくれた。メルも肯定してくれてるし。

「それに砂鉄をまるで使わなかったわけじゃないよ。層にして砂、砂鉄、砂にしてあるんだ。これで城の強靭さはよりアップしたし、アインが運んでくれた砂鉄のおかげだよ」

「なんと有難きお言葉！　このアインの心にまた一つ刻まれましたぞ！」

う～ん、そこまでのことではないと思うんだけどね。

「ところで主殿。ここは一つ塔を作ってみては如何《いかが》か？」

「塔？」

アインの意見を反芻《はんすう》し考える。

「砂漠で塔はいるかな？」

「主殿。砂漠とは言え、この辺りは意外と起伏が激しいのです。特に西と北側はより地盤が高い上、砂丘も多く存在します。敵がやってきた場合、向こう側から一方的にこちらの様子を探れるという状況になりかねない。塔があれば警戒出来ますし敵対勢力が現れた場合の抑止力にもなります」

て、敵対勢力？　アインは流石見た目が騎士っぽいだけにそういう点によく気がつくね。

でも、この砂漠のど真ん中に敵なんて出てくるものかな？

「ここは砂漠だし敵対勢力とか出てくるかな？」

「主殿、これだけ立派なオアシスが構築され城も建っているのです。勿論何もないに越したことはありませんが、準備を進めておくのに越したことはないかと」

なるほど。そう言われてみればそんな気もしてきたかな。なら――。

「砂魔法・砂塔《さとう》！」

魔法でその場に砂鉄の塔を作成した。勿論今回は砂鉄をメインにしてある。

「おお！　なんという立派な！　我は猛烈に感動してますぞ！」

アインが涙を流して喜んだ。そ、そこまで？

「わ～高～い」

「ンゴッ！」

「主様の威光を知らしめるに十分な塔ですね」

い、威光？　メルがそんなことを言ったけど、そこまでのつもりはなかったんだけどね。

うん、でも城よりは高いほうがいいかなとは思ったけど、これは自分で言うのも何だけど壮観かも。

「上ってみようか？」

「うん！」

「ンゴッ！」

「是非もなし！」

「わくわくします」

そして僕たちは塔を昇ることにした。

「わ、床が動いた！」

「この高さを昇るのは大変だからね。魔法で動くようにしておいたんだ」

仕組みは難しくなくて塔の真ん中に上下に動くもう一つの塔がある感じだ。

そしてあっという間に塔の頂上に辿り着く。

「凄い、壮大な景色が広がってます」

「はい！　流石主様です。このような万物を見下ろす巨大な塔をあっという間に構築してしまうのですから」

「当然であるな。主殿の力は神にも等しい！」

メルとアインの評価が過大すぎる！

そしてイシスは塔から見える景色に感動しているようだった。砂漠の真ん中だけど、高いところから見える景色は壮観だ。

そしてアインの言うように、この砂漠は確かに起伏があるようだ。砂丘も数多く見えるし、離れた場所にはゴツゴツした岩山も見えた。

「ンゴ！　ンゴ♪」

「あ、ラク危ないよ～」

するとラクが塔の壁に上り縁に立って喜んでいるのが見えた。器用に上ったなと思うし喜んでいるけど確かにちょっと危ないかも、て！

「キェエエエェェエエエ！」

「ンゴッ!?」

「え？　ラク？　ラク――――！」

「ンゴォオォォォオォオオオオ！」

そんな、ラクが突如降りてきた怪鳥に捕まえられ連れ去られてしまった。

「あれはデザートアルバトロス！　獰猛な鳥の魔獣ですぞ！」

アインが教えてくれた。つまりこのままじゃラクが食べられちゃうってことだ！

「そ、そんなラクが」

「大丈夫！　僕が救うよ！」

「え？　主殿！」

すぐに塔から飛び降りた。アインが心配してくれたようだけど、砂魔法で足場を柔らかくして着地、砂座波ですぐに捕まったラクを追いかけた。

「おお！　流石主殿！」

「イシスは待ってて！　アインとメルは留守をお願い！」

皆にそう伝えて僕はデザートアルバトロスの後を追った。

「待て待て――――！」

「ンゴ～ンゴ～！」

ラクが首を回し追いかける僕を見ながら助けを呼ぶように鳴いていた。

「待ってて今助けるからね」

「ンゴッ！　ンゴッ！」

希望に満ちた目でラクが僕を見下ろしてくる。そうだイシスの大事な友達を魔獣の餌になんて出来ない！

僕は砂の波で怪鳥に近づきそこから別の魔法に切り替えた。

「砂魔法・砂柱！」

足元の砂が柱に変化し一気に伸び上がる。そしてデザートアルバトロスの飛行してる高さまで到達した。

「砂魔法・砂巨烈拳！」

そして後ろから巨大な砂の拳で怪鳥を殴った。クリーンヒットし怪鳥の動きが止まる。

「グェッ！」

うめき声を上げ、怪鳥がラクを放した。それは良かったけど勢いがついて飛んでいってしまう。あの勢いは不味い。

足場から飛び降り、別の砂の柱を作成し、ラクの落ちていく方向めがけて勢いつけて伸ばす。

それを発射台にして飛び立ち、ラクを追いかけた。

「ンゴォオオオオ！」

「ラク――――！」

悲鳴を上げて降下中のラクに追いつき背中に飛びついた。そして魔法を行使！

「砂魔法・砂球！」

砂を球にして僕とラクを包み込む。弾力のあるようにしたからこれで落ちても衝撃は吸収出来る。

そしてズサっと砂の上に着地した。ふぅ、よかった僕もラクも無事だね。

空から怪鳥の離れていく声が聞こえてきた。きっと諦めて去ってくれたんだろう。良かった
もう狙ってはこないだろう。

「ンゴ～ンゴ～」

「はは、怪我もなくてよかったよ」

砂に着地し、ラクが僕に頭を擦り付けてきてペロペロと顔を舐めてきた。感謝の気持ちを表
してくれているんだね。

さてと、このままじゃ状況が見えないから魔法を解除してっと。砂球がサラサラと砂に戻り
崩れていった。視界が一気に広がり、まばゆい黄金の光が視界に飛び込んできた。

「え？　何これ！」

「ンゴォオオォオ――――！」

ラクも驚いているよ。そして僕もびっくりだ。何せ周りには金金金、そう辺り一帯が金色に
包まれていたんだ。

これってもしかして？　僕はその砂を手で掬って確認してみる。

「やっぱり、これは砂金だ」

キラキラと太陽光に反射して輝いている。色もくすんでいないしかなり質のいい金だよ。

「ンゴッンゴッ」

「え？　駄目だよラク！　それは食べ物じゃないから」

「ンゴッ？　ンゴッ！　ペッペッ！」

ラクが砂金を口に含んでいたから注意したら、ラクも美味しくなかったようですぐに吐き捨てた。

色が鮮やかだから美味しそうに見えたのかな？

「でも、なんでこんなところに砂金が？」

「ンゴゥ？」

僕が首を傾げているとラクも一緒になって首を傾げてくれた。見たところここは丘に囲まれた盆地なようだね。

周囲が砂金で埋め尽くされているよ。

「ンゴッ！　ンゴッ！」

「う〜ん、誰のものかわからないし勝手には持っていけないよね」

ラクが砂金をつつきながら持っていく？　とアピールしていたから答えた。自然に発生したものにしては不自然な気がするし……。

それにしても不思議な場所だね。なんとなくだけど、砂感知で周囲の状況を確認してみた。砂金も砂だから魔法の対象になる。

「あれ？」

砂金に埋もれた一点が気になった。ラクと一緒に近づき、魔法で砂金をどかしてみると地下に繋がる穴が現れた。

「もしかして、迷宮かな？」

「ンゴッ？」

ラクが何々～？　という顔で穴を覗き込む。

「待って、罠とかあったら危険だから下手に顔を入れないほうがいい」

「ンゴッ！」

慌ててラクが首を引っ込めた。好奇心が強いのはいいけど、迂闊な行為が危険に繋がることもあるからね。

それにしても迷宮か……帝国にもあったけど、この世界で時折発見される代物で冒険者と呼ばれる職業の人にとっては重要な探索地でもあった。

迷宮内には危険も多いけど、それを考慮しても余りあるほどの資源やお宝が眠っていることがある。しかも迷宮は定期的に内部の構造を変えてその都度お宝や資源も入れ替わるというからね。

もしこれが迷宮ならちょっと浪漫を感じるかな。もしかして砂金がいっぱいあるのもその影響だったりして。

ちょっと入ってみようかな……先ずは砂を利用して中を感知——すぐには危険はなさそうだな。

「砂魔法・砂人形！」

僕は人と同じぐらいのサイズの砂のゴーレムを生み出した。砂金でも砂だから作成は可能だ。おかげで金ピカのゴーレムが出来てしまったけど、とりあえず先頭を歩いてもらった。その後からついていくことにする。

「ンゴッ？」

ラクが僕に入るの？　という顔を見せた。

「うん。とりあえず入ってすぐに危険があるってこともなさそうだから、探索してみようと思って。ラクはどうする？」

「ンゴッ！　ンゴッ！」

一緒に行くつもりなようだね。ラクだけを残しておくのも心配だし、その方がいいかな。

だから僕はラクを連れて穴の中を探ってみることにした。さて、何が出るかな？

第三章　砂漠の神獣

砂金のゴーレムを先頭にして僕達は地下へと続く穴を降りていく。ここが迷宮なのかどうかは、正直わからない。

何せ僕は迷宮の話は知っていても自分で探索したことはない。一応は皇族の身だったし、砂漠に放り出されるまでは城にいることが殆どだったからね。

「ンゴッンゴッ」

ラクはこういう場所の探索に興味津々な様子だ。好奇心が旺盛だよねラクは。

周囲の壁は砂が固まって出来たものだね。これなら砂魔法を使える。

「キィキィ」

さて、そのまま穴を進んでいくと金色の蝙蝠《こうもり》が現れた。通常よりもサイズが大きい。鷹《たか》ぐらいは余裕でありそうだった。

「キキイ！」

「ンゴォ！」

その蝙蝠が超音波で攻撃してきた。耳鳴りがして頭が痛い。ラクも辛そうにしていたけどすぐにゴーレムが殴って倒してくれた。

「助かったよ」

「ンゴッ！」

僕とラクがお礼を言うとゴーレムがコクッと頷いて僕たちは更に奥を目指した。さっきみたいな敵がいるかもしれないから砂感知の範囲は広げておく。

更に進むと、奥に生物の反応があった。ゴーレムにお願いして慎重に進むと、今度は巨大なサソリが姿を見せた。

「知識はあったけど、見るのは初めてだな」

「ンゴッ!?」

巨大なサソリの登場にラクも驚いている。そしてゴーレムが向かっていってサソリを殴りつけた。サソリは黄色い甲《こう》に覆われていて硬そうだ。

ゴーレムでも中々砕けないかも。サソリは尻尾や両手の鋏《はさみ》で攻撃している。猛毒を持つことで知られているけど、ゴーレムに毒は効かないから安心だ。

ここはゴーレムに任せておくかな、と思っていたら僕たちの背後の壁がボコッと空いて後ろに砂色の皮膚を持つ蛇が姿を見せた。

「キシャアァァアァアア！」

「ンゴォ！」

ラクが目玉が飛び出んばかりに驚いた。まさか壁からこんな蛇が現われると思わなかったんだろうな。

大きな蛇だ。ラクなら軽く丸呑みにしてしまうだろう。でも、そうはさせない！

「砂魔法・砂槍！」

砂の槍を何本も放つ。皮膚に刺さり蛇から悲鳴が上がった。後ろに下がったのを認めて更に魔法を行使する。

「砂魔法・砂串！」

蛇の真下から尖鋭《せんえい》した砂が突き上がり蛇を串刺しにした。これで蛇はもう動けない。

さて、ゴーレムの様子を見たらサソリを倒した後だった。甲が硬いと言ってもゴーレムの拳を何度も喰らえば耐えられなかったようだ。

出てくる魔物か魔獣か、とにかく相手はゴーレムと砂魔法で対応出来た。そうこうしている内に横穴が終わりを告げ、大きな広間に出ることが出来た。

「うわ〜凄い金ピカだぁ」

「ンゴッ〜！」

ラクも驚いているけど天井から床、そして壁まで金で埋め尽くされているよ。凄い部屋だけどちょっと眩しいね。

最初は迷宮かと思ったんだけど違うのかな？　もしかして誰か住んでいるのだろうか？　そのまま奥に行くけど特に誰かがいる様子もない。

「あるのは台座に乗った像だけか」

綺麗な女性の顔に獅子の体と鷲《わし》の翼が生えている像だよ。どことなく神秘的な匂いがする。

「う～ん、でも像の他に何もないし、やっぱりここは迷宮？」

『像ではないぞ無礼者め』

「え？　ぞ、像が喋った――――！」

「ンゴォォオォオォオオ！」

ラクも飛び跳ねて驚いたよ。僕も驚いたけど。え？　でも今、像じゃないと言ったよね？

「い、生きてる？」

『当然であろう愚かものめ。妾《わらわ》を誰と心得るスフィンクスであるぞ』

や、やっぱり喋ってる。驚いたなぁ。どうやらスフィンクスと言うらしいけどね。

「すみません気づかなくて。あの、こちらに住んでいる御方なのですか？」

『ふん、人と違い住んでいるという感覚ではないが、まぁそういうことであろうな』

やっぱりここで住んでいたんだ。人とは違うみたいだけど、人の言葉はわかるみたいだ。

『それにしてもお主は変わった男よのう』

「え？　僕がですか？」

『お主以外に誰がいる？　全く外の金に目もくれず、妾の住処を見つけて入ってくるとは』

「あ、何か勝手に入ってごめんなさい」

『……別に構わぬ。それよりお主、何故外の金を持ち帰らなかった？』

「え　でも、誰かの持ち物の可能性もありましたし、実際貴方の物ですよね？」

『くっ、あぁその通りである。あの金は妾の物。故にもし持ち去ろうとしたならその代償に試練を受けさせるつもりだったというのに』

し、試練？　よくわからないけど、なら取らなくてよかったかもね。

「貴方の住処ならここは迷宮とは違うのですね？」

『ふむ、半分正解で半分不正解と言ったところかのう』

半分不正解？　一体どういうことなんだろう？

『どちらにせよ。ここまでは妾の住処じゃ』

「そうなのですね。それは失礼しました」

『……お主、変わった男よのう』

「え？　そう、ですか？」

「ンゴ？」

スフィンクスが変わってると言った理由は僕にはよくわからない。

隣りではラクも首を傾げている。

『この部屋や妾を見たものは恐れる者や謙る者《へりくだ》が殆どであるぞよ。中には問答無用で襲いかかってくるのもおるが、お主はそのどれでもないのう』

そうなんだ。う～ん、お互い意思疎通は出来ているんだし、それでいてお互いよく知らないからね。

恐れたり謙るというのは僕にはよくわからないかな。この部屋は凄いと思うけど、彼女（？）の物だしね。

「あの、勝手にお邪魔してごめんなさい。もう戻りますね」

「ンゴ」

『駄目じゃ』

「え？」

何か引き止められた？

『お主は面白い男であるからのう。ここにおるがよい。安心せい、お主が生きていくのに不自由のない暮らしは保証してやろう』

「え！　そんなの困ります！」

『何が不満ぞ？　このスフィンクスがお主を気に入ったと言うておるのであるぞ？』

そんなこと言われても、一方的すぎるよ。

「外に仲間がいるんです。だからここにずっといるわけにはいけません！」

『ふむ、しかしのう』

その時、僕たちが入ってきた入り口が重苦しい音と共に閉じられた。

『妾が気に入ったのだから、言うことは聞いてもらうぞ』

「……そんな――」

知性もあるようだし、普通に話も出来ると思ったのに、こんなに強引な手でくるなんて……。

「どうしても帰してくれないなら、僕は強引にでも行かせてもらうことになりますよ」

「ン、ンゴッ……」

ラクが不安そうな顔をしている。でも、僕も何もせずこんなところに閉じ込められるわけにはいかない。

『ほう、妾を相手に戦うつもりかのう?』

「どうしても、帰らせてくれないというなら」

『ふふ、なるほど。可愛らしい見た目の割に勇ましいのう。益々《ますます》気に入った。ならばお主、一つ妾とゲームをせぬか?』

え、げ、ゲーム?

「ゲーム、というと?」

『文字通りの意味ぞよ。本来は金を盗もうとした連中に試練として持ちかけるものであるがのう。もしそのゲームにお前が勝ったならここから出るのを許してやろうではないか。しかも素晴らしい豪華特典付きであるぞよ』

「え～と、つまり負けたら？」

『普通なら喰ってやるところだがのう』

「えぇぇぇぇぇえ!?」

「ンゴォォオォォオオ！」

スフィンクスが口をバッと開けてとんでもないことを言い出した。ラクも驚いて僕の背中に隠れ、頭を擦り付けながらガタガタと震えている。

『ふふ、安心するがよいぞ。今回は妾から持ちかけているわけであるからのう。お主を気に入ったと言ったであろう？　お主が負けたところで、ここで一緒に暮らしてもらうだけのことよのう』

それはそれで嫌なんだけどなぁ。

「ゲームしないで力づくで出ようとしたら？」

『その時は妾も全力で阻止させて貰うぞよ。だけど止めておいた方がいいと思うがのう。妾は強い。かつては神獣なぞと呼ばれていたこともあるぐらいぞよ』

し、神獣……魔獣でさえ手強いことが多いのに、神獣といえばその更に上の存在だよ。

人と会話が出来る知能を持っているみたいだから、ただの魔獣じゃないと思ったけど神獣となると、確かに僕がどう逆立ちしたって敵《かな》わないかも知れない。

そうなると……受けるしかないのか。

「一応確認だけど、絶対に勝てないゲームではないんだよね？　内容を聞いても？」

『勿論であるぞよ。勝ちの決まっているゲームほどつまらないものはないからのう。内容は単純。妾の出す問題に答えれば良い』

問題……つまり頭脳を競うってことか。そういうのあまり得意ではないんだけどな。

『一応言っておくがのう、これは決して解けない問題ではないぞよ。さぁどうするかのう？』

「えっと、時間制限は？」

『そうだのう――』

スフィンクスが前足を勢いよく上げると、床が弾け金が天井にぶつかってこびり付いた。それから少しずつ金が降り落ちてくる。

『あの天井の金が全て落ちきる前に答えるがよい。見立てでは半日ぐらいかのう。他の連中よりは余裕を持たせてやったぞよ』

半日、そんなにいいのか。他の連中ってことはかつて金を盗もうとした人はもっと短かったということか。

『さぁどうする？　金はもう落ちておるぞ』

「や、やります！」

こうなったらもう覚悟を決める外《ほか》ない。時間はある。じっくり考えれば答えられない問題じゃないとスフィンクスも言っている！

『そうかそうか。ならば問題を出そうではないか。準備はよいかのう？』

「はい！」

「ンゴッ！」

ラクもやる気みたいだ。とにかく、答えないと皆も心配しているだろうし。そしてスフィンクスがゆっくりと問題を語りだした。

『それはとても残忍だ。人も生物も関係なく殺し、残虐《ざんぎゃく》の限りを尽くす。

しかしそれはとても優しく慈愛《じあい》に溢れてもいる。困っている者に手を差し伸べ時には自分の身を切り刻んででも弱者を助ける。

しかしそれはとても強欲だ。金と物に執着し時には奪ってでも手に入れそれでもまだ満足しない。

しかし同時にそれは慈しみに溢れてもいる。自分を顧《かえり》みず分け与えたとえそれで己が苦しくても一切文句は言わない。

それはとても勇敢だ。遥かに自分よりも強大な相手であっても命を顧みず挑み戦う。

しかしそれはとても臆病だ。遙か先の未来の死にまで不安を覚え、永遠さえも望む——さぁ、それは何か？』

スフィンクスの語りが終わった。とても美しい声で思わず聞き入ってしまったけど、でも、これがその問題？

『どうかのう？　ま、時間はまだあるぞよ。ゆっくりと』

「えっと、もう答えても？」

僕がそう告げると、スフィンクスの整った右の眉がピクリと反応した。

『もういいのかのう？　言っておくが答えるチャンスは一度きりぞよ』

「は、はい。大丈夫だと思います」

『……わかった。ならば答えるが良い』

「はい。その答えは、人間です」

そう、答えた。スフィンクスが目を丸くさせ、かと思えば。

『フフッ、フハ、フハハハハハハハハッ』

上半身を仰け反らせて大声で笑い出した。え？　まさか――。

「間違って、ましたか？」

「ン、ンゴ……」

ラクも不安そうにしている。だから少しでも不安を取り除こうと首の辺りを撫でてあげたら頭を擦り付けてきた。

こういうところが可愛いけど、でも、もし間違っていたら――。

『ふふ、いやや、正解であるぞ』

「え？　よ、良かったぁ～」

「ンゴゥ～」

僕もラクもその場でへなへなと腰を落とした。はぁ、緊張したぁ。

『それにしても、随分とあっさり答えられたものよのう』

「えっと、でも、その、怒らないですか？」

『何を怒ることがあるのかえ？　お主はゲームに勝ったのだ。言いたいことがあるなら好きに語るが良い』

「では、その、問題はそんなに難しくなくて、ちょっと肩透かしだったというか……これ答えられない人はいたんですか？」

スフィンクスの問題は全て人間に当てはまるものだった。人間は不当に相手を脅かすこともあれば、困っている相手に手を差し伸べることもある。

『少なくともここにやってきた連中には答えられなかったがのう。何故かわかるかのう？』

「う、う～ん……」

正直僕にとってはそっちの方が難しい問題かもしれない。

『それは人間という生物を一番知らないのが人間自身だからであるぞ。それに余計なプライドが邪魔をすることもあるのだ。聖職者を名乗る奴らもきたことがあったがのう。金に目が眩んでいるくせに自分は高尚な人間だと信じて疑わなかった。そういう連中は答えを聞いて大体怒りだすものぞ。自分はそんな人間ではないと言い張ってのう。滑稽《こっけい》な話ではないか』

そう言ってクククッと笑ってみせた。そ、そんなものなんだね。僕にはよくわからないけど。

「えっと、それならこれで出してもらえる？」

『あぁ、そうだったのう。ならば――』

僕が問いかけるとスフィンクスが頷き、かと思えばその体が輝き始めた。

ま、眩しい……何事かと思ったけど、暫くしたら光が収まっていった。そして、そこにはスフィンクスの姿がなく、代わりに褐色《かっしょく》の肌の美女が立っていた。て、あれ？

「えっと、スフィンクスは？」

「何を言うておる。妾はここにおるではないか」

「え？　ええええぇぇえ！　君がスフィンクス――!?」

「ンゴォォオォオオ！」

お、驚いた。さっきまであれだけ巨大だったのに今は絶世の美女って容姿だもの。

「何を驚くことがあるか。妾ぐらいになれば人の身になることなど容易いことよ」

そういうものなんだ……流石は神獣だね。

「でも、なんで人の姿に？」

「ふむ、何ぞ忘れたかのう？　お主がゲームに勝ったら豪華特典付きで出してやると言うたであろう？」

あ、そういえば確かにそんなことを言っていた気がする……あれ、てもしかして？

「その豪華特典って……」

「うむ、妾であるぞ。今から妾はお主の眷属《けんぞく》じゃ。よろしくのう主よ」

◇◆◇

「信じられません！　どうしてお兄様を追放なんてしたのですの！」

謁見室《えつけんしつ》にて、一人の少女が怒りを顕《あらわ》にしていた。

彼女が進言している相手、玉座に座り厳しい顔を向けるは皇帝シャフリヤル・マグレフ。同時に彼は憤《いきどお》る少女と追放されたホルスの父でもある。

「奴の魔法は使えん。砂属性など恥晒《はじさら》しもいいところだ。だから追放した」

「そ、そんな理由で！　第一お兄様の魔法は砂のある場所なら十分利用価値がありますの。私もお兄様の魔法を見て育ちました。砂のお城や人形を作り動かし、私を楽しませてくれましたですの」

「モルジア。国を動かすということは遊びではないの。そのようなお遊戯の如《ごと》し魔法が使えるからと何の役に立つと？」

モルジアを叱咤《しつた》したのは皇后のシャハラ・マグレフである。

「シャハラの言う通りだ。他の兄達は既に立派に戦場に出て武勲を上げているというのに、あいつの出来ることと言えば砂を扱ったお遊びばかり。折角の魔力もあれでは宝の持ち腐れよ。この帝国において戦いの役に立たぬものなど必要なし」

モルジアは悔しそうに下唇を噛んだ。マグレフ帝国は侵略国家だった。大陸の西部において絶対的な武力を誇る帝国騎士団や強力な魔法を扱う魔法師団を率いることで戦《いくさ》を勝ち抜いてきた。

強さこそが正義と疑わず支配こそが権力の証と信じて疑わない。だが、そのやり方には兄であるホルスもそして妹のモルジアも疑問を抱いていた。

帝国のやり方は強引でもあり、相手側が従わなければ攻め落とし一族郎党全てを皆殺しにする。

しかも他国に見せつけるようにより残虐な方法でだ。そんなことを繰り返し先祖代々領土を広げてきた。

だがモルジアは知っていた。そのあまりに強引なやり方故に帝国内では不満の声も多く聞こえプスプスと火種《ひだね》がくすぶり始めていることを。

それでも、これまでは戦争に勝利し手にした領土やそこから発生する資源で潤っていた。その間は不満に思っていても仕方なく従っていた者も多かった。

だが、あまりに強引な開発行為。森林伐採や鉱山などの乱掘やそして迷宮放置——これらの問題が積み重なり、帝国の資源は徐々に尽きかけていた。このままいけば後数年もすれば帝国内の資源は枯渇すると専門の魔導学者が提言している。

もっともその学者は帝国を貶《おとし》める研究を根拠もなく広めたと罪に問われ処刑されたが。そしてこのこともあって帝国にとって都合の悪いことを語る学者もいなくなった。

こういった事情も他所《よそ》から耳に届いてくるため、モルジアは国の未来を危惧していた。そしてこんな状態だからこそ本来必要なのは優しい心を秘めたホルスのような存在なのに、と憂《うれ》いてもいた。

「戦で戦えない者が必要ないというなら、私も必要ない筈ですの」

キッと強い視線を二人にぶつけモルジアが言い放つ。

「何を言う。確かにお前は直接戦闘にこそ参加出来ないが、その空間魔法は大いに役立つ」

「戦において補給も大事な仕事。お前の空間魔法があれば兵達も安心して前線に出ていける」

そう言いながらもシャハラの目は冷たかった。ホルスも妾の子ということでシャハラからは嫌われていた。そしてモルジアとてこのシャハラの娘ではない。シャハラの妹と皇帝の間に生まれた子と、そう聞いている。しかし、モルジアの実の母は彼女を産んですぐに死んでしまった。

その後、十二歳の時に受けた属性判定で出たのは空間だった。兄は砂属性ということで嫌われ国を追われたが、モルジアの魔法はまだ役に立つということで残されている。

だが、もし自分の属性が平凡なものや彼らにとって使えないものであったならこの二人は容赦なく切り捨てたことだろう。

どちらにせよ、モルジアは現在の国の体制に不満を持っていたし、後方支援だ要《かなめ》だなどと言われれば聞こえはいいが、やっていることは使い走りに等しいというものであった。

しかも後方支援とは言え戦地に赴《おもむ》けば見たくないものも見えてしまう。

「とにかく、あの屑のことは忘れろ」

「そうよ。どうせ砂遊びしか出来ないような出来損ない。砂漠で野垂れ死んでいるに違いないのだから」

「どうして、そんな酷いこと……」

「ふん。もういいな。モルジアそれともう一つお前に話しておくことがある」

「話しておくことですの？」

「そうよ。貴方の結婚相手が決まったわ。最近メキメキと力をつけてきているワズイル将軍よ。喜びなさい」

「え!?」

寝耳に水の話であった。モルジアはそんな話を聞いたことがなかった。しかもワズイルと言えば四十歳を超えた将軍である。父親と娘ぐらいの年齢差があるのに、そんな相手と結婚など考えられもしなかった。

しかも正直言ってタイプではない。そもそもモルジアの理想のタイプは兄のような、そうホルスのような優しくも頼りがいのある男性なのである。

他がどう見ているかは知らないがモルジアにとってホルスはそういう存在なのであった。

「そんなの聞いていませんの……」

「だから今言ったじゃない」

「そんな……」

愕然《がくぜん》となる。だがこれが帝国のやり方だ。上の者の命令は絶対。たとえ娘だろうと歯向かうことは許されない。

「お前も皇家の娘として生まれたなら理解するがよい」

「そうよ。貴方が結婚することで国の役に立つの。それはとても光栄なことなのよ」

「そういうことだ。わかったらさっさと出ていき相手に気に入られるよう花嫁修業の一つでもしておくんだな」

そしてモルジアの兄を思う心は聞き入れられることもなく終わり、したくもない相手と結婚させられるという最悪な結果だけが残った。

謁見室から追い出され、モルジアがとぼとぼと廊下を歩いていると、見知った顔のそれでいて今は到底会いたくもない男が近づいてくるのが見えた。

踵《きびす》を返して立ち去ろうとも考えたが、逃げているようで癪《しゃく》に障る。仕方がないのでそのまま突き進んだ。挨拶もせず通り過ぎると案の定声がかかる。

「おい！　この俺とすれ違って挨拶もなしとはお前も偉くなったものだな」

語気を強め、モルジアを引き止める。左右の毛を刈り上げた茶髪の男だ。シュデル・マグレフ――帝国の第四皇子である。

「失礼いたしました。ご機嫌麗しゅうございます。それではこれで失礼しますですの」

軽く挨拶だけ済ませ足早に立ち去ろうと思った。モルジアはこの兄が嫌いだった。そもそもホルス以外は大体嫌いだが、この四男はねちっこくて底意地が悪い。

「待てよ。全く我が妹ながら本当になってない女だ。まぁいい。お前、父上と会っていたのだろう？」

「……今話してきたところですの」

仕方がないので会話を続ける。モルジアが答えると、シュデルがくくっ、と含み笑いで答えた。

「だったらおめでとう。結婚相手が決まったのだろう？」

「――ッ！　何故それを……」

モルジアが問うと、ニヤッと笑みを深めシュデルが答えた。

「父上と母上にお前の結婚を勧めたのが俺だからだよ。何せお前はあの砂しか扱えないような塵に随分と懐いていたからな。勿論そう簡単にここからお前が逃げ出せるとは思わないが、念のため縛り付ける枷《かせ》が必要だ、とそう進言したのさ。結婚はまさにうってつけの方法だろう？」

「なんで、そんなことしますの！」

「おいおい、この俺に向かって何だその目は？　お前、勘違いするなよ？　確かにあの砂遊びしか出来ないような穀潰《ごくつぶ》しよりはマシだが、お前の空間魔法なんて所詮《しょせん》荷物運びに役立つ程度の代物だぁ〜戦場でもパシりにしかならない雑用係でしかねぇんだよ」

ニヤニヤと笑いながら妹であるモルジアを馬鹿にした態度を取る。本当に意地の悪い男だ。これがホルスなら決して他者を貶めるような真似はしないし、そんな無理矢理な結婚は断固として認めなかった筈だ。

「とにかくだ、お前は所詮パシリだし、体は小さいし胸はぺったんこの幼児体型だ。だが、顔はまぁ可愛らしいから、その手の愛好家には受ける。喜べモルジア。俺が推《お》してやったワズイルはそんなお前にぴったりな相手だぁ。戦で勝利する度《たび》に幼い子を奴隷として手元においてお優しい優しい騎士様さぁぁ。きっとモルジアぁ〜お前のことをお人形さんみたいに大事にしてくれるぜ。一生なぁ〜ぎゃはははははははははははぁ！」

指を突き出し下品に笑い飛ばすシュデル。モルジアの肩がプルプルと震えた。怒りと悔しさでどうにかなりそうだった。

「はは、悔しそうだなぁモルジア。だけど悪いのはお前だぞぉモルジアぁ。あんな屑に執着して追放した俺たちに口答えなんてするからそういうことになるのさぁ」

ホルスを追放したと聞いた時、モルジアはそれを決めて砂漠に放り出したという兄たちと言い争いになった。

この男の言うことを信じるなら、兄を思い怒ったその行動そのものが許されず、このような当てつけのような制裁に踏み切ったということだ。

「ま、これに懲りたら今後は国のやることに文句をつけず、俺たちのような心優しい優秀な兄に口答えもせず粛々《しゅくしゅく》と荷物運びだけして生き続けろということだ。あの変態将軍に弄《もてあそ》ばれながらなぁぁ」

ベロを出し、ザマァ見ろとでもいいたげな顔だ。

大好きな兄であるホルスを追放し、そしてモルジアにはこの態度だ。しかも程度の差はあれホルス以外の兄弟の思考は大体こんな感じだ。

本当に嫌になる。モルジアは今すぐにでもここから出たくて仕方なかった。

「ふん、お前の考えていることはわかるぞ。こっから出ていきあの屑の元に向かいたいとでも思っているんだろう？　馬鹿な奴だ。大体あんなひ弱な欠陥品が死の砂漠とさえ称される、あの過酷な砂漠で生きてるわけないだろう？」

ククク、と醜悪な笑みを浮かべながらシュデルが続ける。

「本当にお前は夢を見るのも大概にしろってのば～か！　まぁどちらにせよ、この城には結界が張られている。お前がどう頑張ったって空間魔法で城から出るのは不可能だ。勿論魔法に頼らない方法ならもっとな！　何せお前はあの愚弟と違って使い道はあるからなぁ。せいぜい鳥かごの鳥として利用されて変態騎士に弄ばれながら死んでいけ、ば――――かっ！　ぎゃはははははははは」

そして馬鹿笑いを残してシュデルはモルジアの前から去っていった。

その夜、モルジアは部屋からベランダに出て空を眺めていた。

「月が綺麗ですの……」

満月を眺めながらそう呟く。そして瞼を閉じ、一つの決意を固めた。

「もう、こんな城も国もうんざりですの。こっちから出ていってあげますわ。そして待っててねお兄様――」

眼下に広がる森を見た。モルジアの部屋は城に備わった塔の上にあった。勿論塔には強力な結界が張られており、モルジアの空間魔法はこの城の中では使えない。

だが、城の外なら別だった。つまりベランダの外側なら――そしてモルジアはベランダの欄《らん》干《かん》から外へと飛び出した。

当然このままでは落下する。だが、城の外にまでは結界は張っていない。モルジアはそれを利用しようとした。モルジアの空間魔法は移動にも使える。

もっとも今のモルジアだと移動に使うとしてもその距離は最大で十メートル程度。しかも空間魔法で自身を移動したとしても慣性は残る。

つまり落下に空間魔法を利用したとしても落下の衝撃は抑えられない。だからこそあの兄もモルジアはここから出れないと高をくくったのである。

しかし、モルジアはそれも計算の内だった。そしてしっかり目標を見極めて空間魔法で移動した。二回、三回、慣性は消えない。

だが、それでも問題なかった。モルジアはそこから空間魔法でもっとも木の密度が濃い場所に移動したのだ。そしておとなしく落ちる。城は随分と高い場所にあり、それだけに賭けだった。

外に放り出されたモルジアは葉と枝のクッションに乗っかり次々と枝を折りながら落下していく。

そしてその身が緑を抜け地面に落下した。

「くっ！　でも、大丈夫ですの——」

空を見上げ、体を動かし、自分の身が無事であることを確認する。全く痛みがないと言えば嘘になるが十分我慢出来る範疇《はんちゅう》だ。

「やった、城から、逃げることが出来ましたわ——これで、やっとお兄様の待つ砂漠に行けますの」

モルジアが目を輝かせた。ただ、問題もある。先ず金がない。帝国はモルジアに自由にさせる金を渡してこなかった。だが、城から出るにしても路銀も全くないとなると話にならない、がそれはモルジアにもいい考えがあった。

　確かに直接の金は持っていない。しかしそれでもモルジアは皇族だ。着ている服から小物に至るまでそのどれもが質が良く庶民には手が出せない代物であり、それを売れば旅に使える金は手に入る。

　服もどちらにせよこんな小綺麗なだけの服を着ていても仕方ない。何より目立つ。途中でこれらを売り動きやすい服に着替えなければならない。

「とにかく、ここから急いで離れないといけませんですの」

　帝都周辺では売却も買い物も厳しい。足がつかないような町が好ましいだろう。幸いモルジアの目的地はここから東に向かった先にある砂漠だ。

　大陸の中央部分に広がる巨大な砂漠であり、そこを中心に大陸は東西南北に分断されているとも聞く。かつてこの砂漠を開拓しようと試みたのもいたというがあまりに過酷な環境のため、実現出来たものはいない。

　しかしこの砂漠には数多くの資源が眠っておりもし、開拓に成功出来たなら莫大な利益を得られるとも聞く。砂金で埋め尽くされた場所も見つけたという話も囁《ささや》かれるほどだ。もっとも砂漠はただ環境が過酷なだけではなく恐ろしい魔物や魔獣の類も多くいると聞く。

　先程の砂金にしても持ち帰ろうとすると化け物が現れ、試練を与え乗り越えられなければ食われてしまうなんて話も囁かれていたぐらいだ。

他にも砂漠の巨大な捕食者であるワームや砂漠竜《さばくりゅう》、ピラミッドと呼ばれる難攻不落な迷宮の話など、砂漠に関する伝説は多い。そんな地に兄のホルスが追放された。

だがモルジアは何故か考えてしまう。砂魔法が使えるホルスならば、もしかしたらこれまで成し遂げられなかったような砂漠の偉業を達成出来てしまうのではないか、と――。

どちらにしても、砂漠近くの町は不毛な辺境扱い故に帝国からの評価は低い。それだけに逆にモルジアにとってはありがたかった。とにかく東へ向かおう。モルジアに気がついた連中が追手を差し向ける可能性もあるかもしれないが砂漠に入ってしまえば捜索は簡単ではない筈だ。

それはモルジアにとっても同じであるが、それでもなんとしてもモルジアは砂漠に向かい愛《いと》しの兄であるホルスに会いたかった。

魔法による空間移動でモルジアは消えては現れるという高速移動を繰り返す、そして決意の表情を浮かべて東へと向かうのだった――。

第四章　砂漠の仲間たち

参《まい》っちゃったなぁ……まさかこんなことになるなんて。今僕は人化したスフィンクスと一緒に僕の作ったオアシスを目指そうとしている。

「あ、あのスフィンクスさん?」

「何ぞ我が主よ。なんとも他人行儀な言い方よのう。もっと気軽に話してくれてもよいのだぞ?　妾はもうお主の眷属なのだからのう」

うぅ、そう言われても。というか、くっつきすぎではないだろうか。そう密着されると、大きな胸が当たって、う、うぅ——。

「スフィンクスさん、ちょっと密着すぎかなと……」

「なんぞ?　つれないのう妾と主の仲ではないか」

いや、さっき知り合ったばかりなのですが……。

「ンゴッ!　ンゴゥ!」

「む?　なんじゃお主、妾の邪魔をするつもりかのう?　喰ってやろうか」

「ンゴッ！」

スフィンクスが口を開けて見せると、ラクが凄く怖がって僕の背中に隠れてきたよ。よしよし、怖がるラクを撫でてあげる。

「ちょ、ラクは食べちゃ駄目です！」

とにかく友達のラクには手を出してもらっては駄目だから、ちょっと怖いけど注意した。

「はは、冗談であるぞ」

ニッと笑みを浮かべてスフィンクスが答えてくれた。じょ、冗談なんだ……何か色々と掴めない人だなぁ。

「とにかく、ここは砂漠ですし、ある程度の距離感は保ちましょう。ソーシャルでディスタンスです！」

「むぅつれないのう」

「す、スフィンクスさんは、ただでさえ目に毒ですし……」

人の姿になったはいいけどやたら布面積が小さいんだよね。服は魔法で何とかしているようだけど。

「それにしても、そのスフィンクスさんというのがしっくりせんのう。そうぞ、主よ。妾に名前を付けてくれぬか？」

「え？　な、名前ですか？」

「うむ。主に是が非でも名付け人になって欲しいぞよ」

何か蟻のことといい、名前を付ける役目を担うことが多いなぁ。でも、確かにスフィンクスと呼ぶよりは呼びやすいのかな？

う～んそれなら。

「フィーでどうかな？」

「ふむ、フィーか。良いではないか！　気に入ったぞ。妾は今日からフィーお主の眷属であるぞ」

フィーがそう宣言すると、フィーの体が輝き始め、そして元の姿に戻った。お、驚いた。これって蟻の王と女王に付けた時にも起きたけど、今度は特に変わった様子はない。

あれ？　でもフィーがまじまじと自分の体を見ているね。

「ふふ、あ～はっは！　これは驚いた。ふふ、主は妾が思った以上にとんでもない御方だったかも知れぬのう」

「え？　それってどういう？」

フィーが突然笑いながらそんなことを口にしたから、僕もついその理由を聞いちゃった。

「ふふ、まぁ良いではないか。それより今後とも宜しくのう、我が愛しの主よ」

愛しのって、何かからかわれている気がしないでもないけど、確かにこれから一緒に過ごすわけだしね。

「う、うん。こちらこそよろしくねフィーさん」

しっかり僕からも挨拶を返す。でも光ったことについては何か上手いことはぐらかされたような?

本人がいいたくないなら無理して聞かないけどね。

「ところでフィーさんではなくフィーであろう?」

「え? で、でも……」

フィーが若干不満そうに言い返してきた。どうやらフィーはさん付けで呼ばれるのが嫌みたいだ。

「妾はお主の眷属だからのう。眷属にさん付けはなかろう?」

フフッとフィーが微笑む。な、なんか妖艶な笑みを向けられると照れちゃうな……。

「それならフィーこちらこそよろしくね」

「うむ。宜しくのう」

改めて挨拶し、そして周囲を確認する。金色の光が辺りを支配していた。

「う〜ん、やっぱりこれだけ金があると壮観だね」

改めて目の当たりにすると、この周辺はまるで黄金で出来た泉のように思える。

「ふふ、好きなだけ持ち帰ってよいぞ」

「え？　ええええええ！　でもこれ、フィーの持ち物だよね？」

フィーがとんでもないことをいい出したよ。好きなだけって……。

「何を言うておる。妾は主の眷属ぞ。つまり眷属となった妾の持ち物は主である主の物なのだ。ここの金は勿論、妾が使っていた場所の金も好きにしてくれて構わぬ」

それってあの部屋の金もってことだよね？　な、何かとんでもない話になってしまった。でも……。

「う～ん、今はこれといって使い道はないかな。あ、でもフィーは金が好きなんだよね？　何かに使うんじゃないの？」

「妾は金が好きというだけで特に使い道があるわけではないのう。ただ眺めていただけであるぞ」

なるほど。人間も金は装飾具とかに使っているし見ているだけでも満足出来るのかもね。

「そうなんだ。でも好きなら――砂金人形」

僕は魔法で周囲に広がる砂金をゴーレムに変えた。

「ほう……気にはなっていたがのう。主はこんなことまで出来るのか」

「砂金も砂だからね。僕、属性が砂だから」

「ふむ……砂のう。砂であればなんでも良いのかえ？」

「う～ん、どこまでかはまだ全て把握しているわけでもないけど、砂鉄も操れたよ」

「なるほどなるほど。ふふっ」

またフィーが愉《たの》しそうに笑った。何か面白いことでもあったのかな？

さて、砂金のゴーレムを数体作ったところで一緒に砂の波に乗って移動する。

「これは面白いのう。主の魔法は多彩であるな」

「ンゴッ！　ンゴッ！」

「う～ん、でも砂がないと何も出来ないからね」

「ふむ、しかしこの砂漠であればお主の力は無敵に近いではないか？」

フィーが後ろからそう語りかけてくる。無敵、流石にそれは言い過ぎかな？　フィーみたいなとんでもない存在には先ず勝てないだろうし。

「ところで、その密着度が……」

「何ぞ？　振り落とされぬようしっかり摑まっておれと命じたのは主であろう？」

確かにそう言ったけどね。でも、フィーはスタイルが凄くいいから、密着されると、うう――。

「ところで主よ。これはどれぐらいまで速度を出せるのかのう？」

「どれぐらいかな？　出そうと思えばもっと出せると思うけど、あまり出すとバランスが取れなくなるしね」

一応砂を操作して足場は安定させてるけど、速度を上げすぎると操作が難しいし、風の影響も受けちゃうしね。

「ふむ、ならばその一つは妾が解消しようぞ」

そう言ってフィーが手をかざすと、あれ？

「風が？」

「ふふ、お主に掛かる風の負担をなくしたのだ。妾は嵐と灼熱という属性持ちだからのう。故に風と炎を自由に操る魔法が使えるのであるぞ」

そうだったんだ。灼熱と嵐って火系と風系の最上位だったような……それを二つもってやっぱりフィーは凄い神獣なんだね。

「これで更に速度は上げられるであろう？　是非とも体感してみたいものよのう」

「うん、なら上げてみるね」

そして僕は波の速度を更に上げた。凄いや、風の抵抗がないだけでここまで自由が利くなんて。おかげでこれまでの三倍は優に速度が出るようになった。もっと出せるかもだけど城に着いちゃったからね――。

「ラク！　良かった無事だったんだね！」

「ンゴッ！」

「うむ、流石は主殿だ」

「はい。でも主様ならきっと無事戻ってくると信じてました」

城にラクを連れて戻ると、イシスがラクに飛びついて喜び、メルとアインも僕の帰還を歓迎してくれた。そして、暫く喜んでいた皆の目が自然と僕たちの方に向けられる。

「ホルスありがとう。そして、えっと、ホルスその、き、綺麗な方は？」

うん。そうだよね。やっぱりそこ気にするよね。

「妾はスフィンクスのフィーであるぞよ。主に仕えるべく此度《こたび》眷属となった。ま、よろしくのう」

「「「スフィンクス――――!?」」」

フィーが自ら自己紹介したんだけど、あれ？　何かアインもメルもそしてイシスも凄く驚いているね。

「皆知ってるの？」

「知ってるも何も！　この辺り一帯を支配している神獣としても有名なのだよ主殿」

「それだけの神獣を眷属に……凄すぎます主様」

「私は伝説として知っているだけなんだけど、ほ、本当にいたんだ……」

聞くと三者三様の反応を見せてくれた。どうやらフィーはやっぱりとんでもない存在だったらしい。

そんな凄い神獣がどうして僕の眷属になったんだろう……何か恐れ多い気がしてきた。

「あの、本当に僕の眷属で良かったの？」

「寧《むし》ろお主だったからこそ眷属になったのであるぞ」

そうなんだ……う〜ん、まぁ深く考えても仕方ないかな。それに今は見た目も、ちょっと目のやり場には困るけど、人だから皆も接しやすいだろうしね。

「それにしてものう。そこのはおそらくであるがアイアンアントとハニーアントであろう？王と女王と見るが、人化とは珍しいではないか」

そしてフィーはどうやらアインとメルに興味を持ったみたいだ。見てすぐにアイアンアントとハニーアントとわかるとは流石はスフィンクスといったところかな。

「は、はい。此度我は王であるホルス殿にお仕えすることを決め名付けをして頂きました。そしたらばこのような姿に」

「私も同じでございます」

あれ？　アインとメルはフィーにも随分と畏《かしこ》まっているね。やっぱりそれだけ凄い神獣ということなんだろうね。

「そんなに緊張せんでもよいわ。面倒なのだそういうのはのう」

「め、面倒ですか？」

「うむ」

アインが頭を上げて聞くとフィーが頷いた。それから改めて二人を見ていたわけだけど。

「ふふ、主の名付けでか。納得出来るのう」

「え？　理由がわかるの？」

「ふむ。主の魔力は途方もない。魔力が多く質の高い者が名を付けると稀《まれ》にこのような進化を引き起こすのだ。お前たち良い王に出会えたものよのう」

「はい！　この出会い、運命とすら考えております！」

「主様には命を救われたも同義ですので」

「いやいや！　本当大げさだからね！」

しかもまた王扱いされてるし、もう～。

「あの、ところでホルス、フィーさんにも驚いたけど、そのゴーレムは？」

フィーとアインとメルの話が落ち着いたところで、イシスの興味、というにはちょっと顔が引きつってる気もするけど、その目は後ろからついてきていたゴーレムに向いていた。

そう言えば金で出来たゴーレムだし、そんな顔にもなるよね。

「これはフィーの住んでいるところにあった砂金で作ったんだ」

「砂金で!?　このゴーレムを？」

イシスがまじまじとゴーレムを見て、驚いている様子だ。

「流石主殿だ。スフィンクスを眷属にしたばかりかこれだけの金まで持ち帰るとは」

「この形にするぐらいだから、かなりの量だよね？」

アインが頷き、メルはゴーレムを見上げながら感心していた。見た目は幼女だからメルは結構こじんまりしている。ただし一部分は逆に凄く大きいのだけど……。

「とにかく、フィーも一緒に暮らすことになったから部屋を用意するね」

「ふむ、気にすることはないぞ。妾は主と同じ部屋で良い」

僕がそう説明するとフィーがとんでもないことを言い出したよ！

「はい？　え、いや、流石に同じ部屋は宜しくないんじゃないかなと思うのですが」

すると僕を代弁するようにイシスがフィーに物申《ものもう》した。

「何故かのう？　妾は主の眷属。ならばつねに一緒にいるのが常であろう。そもそも何故関係のないお主にそのようなことを言われる筋合いがある？」

「わ、私はただ良識的な話をしただけですよ。神獣とは言え今の貴方の姿は女性なんですから～」

あれ？　なんだろう？　フィーとイシスの間に妙な緊張感が生まれたような？

「えっと、僕も部屋は別々がいいかなって。その……眷属とは言え、プライベートはある程度分けた方がいいと思うんだ」

「何故かのう？　連れないではないか。一緒で良かろう？」

「ん～んっ！　んっんっ！」

イシスが咳き込んでいるね。あれ？　大丈夫かな？

「イシス、もしかして体調が悪いの？」

「え？　いや、今のはそうじゃなくて……とにかく、フィーさんは眷属なんですよね？　だったら主であるホルスの言うことを聞くべきでは？」

「……むぅ。そう言われると仕方ないのう。だが、お主の命令を聞く言われはないからのう」

「わ、わかってます！」

何かよくわからないけど、何とか打ち解けたみたいで良かったよ。

「ンゴォ……」

「あれ？　どうかしたラク？」

「ンゴォ！　ンゴォ！」

ラクが何かを訴えてるけどなんだろう？　お腹でも減ったのかな？

さて、僕はフィーに城の中を案内して、そしてフィーに部屋を選んでもらうことにした。

「ほう、外観も立派に思えたが、中も凄いのう。とても砂で出来ているとは思えないのであるぞ」

城の中を歩きながらフィーが城そのものを随分と買ってくれた。

そう言われると、城で砂魔法の練習をしておいてよかったと思うよ。

「フィーはどこか希望の部屋はある？」

「妾は主の部屋の隣りがいいぞよ」

「隣りは私です」

ニコッとイシスが微笑んで答えた。確かにイシスは今、僕の部屋の隣りを使っている。

「ン、ンゴォ……」

あれ？　何故かラクがビクビクしながら背中に回って、二人の様子を見ているよ。

「ほう、小娘。お前がか……ならば妾はこっちであるな。この隣りで良い」

そう言ってフィーが希望したのは僕の部屋の隣り、イシスがいる部屋とは逆隣りの部屋だった。

「……」

「なんぞ小娘。不満か？」

「い～え、特に不満はありませんよ。それは城の主であるホルスが決めることですし」

イシスがニコッと微笑んで僕を見てきた。あれ？　なんだろう？　可愛い笑顔の筈なのにちょっと怖い……。

「というわけぞ。良いかのう？」

「う、うん。勿論問題ないよ」

「だそうであるぞ小娘」

「うふふ、これから宜しくお願いしますねフィー」

「ほう。ついにさんもつけなくなったか。中々面白い小娘よのう」

「えっと、二人共仲良くなれた、みたい、だね？」

「「………」」

あれ？　何か二人の瞳が細まってるよ。な、何か間違ったこと言ったかな？

「全くしょうがない主であるな。まぁ良い」

「はは、あ、そうだ。それでここを金で装飾しようと思うけど、希望はある？」

「……？　装飾であるか？」

「うん。フィーは金を見るのが好きだと言っていたからね。部屋には金を色々飾ろうかなって思ったんだ」

「……主は、よもやそのためにこのゴーレムを？」

「うん。あ、あれ？　もしかして足りなかった？」

フィーは神獣だし、本来の住処も部屋全体が金で出来ていた。そう考えたらこの程度じゃ満足出来ないのかも……

「フフッ、あはははは！　主は本当に面白いのう。自分のためではなく、妾のためとはフフッ……」

あれ？　でも今度は何か機嫌が良くなった気がする。

「その厚意は嬉しいぞよ。だがのう主よ。先に言った通り妾は今や主の眷属。故にこの金も含めて妾の全ては主の物であるぞ。勿論この体ものう」

「え、えぇぇぇぇ！」

大きな胸に手を当てて、フィーがまたとんでもないことを言い出したよ！

「ちょ、何言ってるんですかフィー！」

「うん？　何かおかしいかえ？」

「か、からかわないでよ～」

ほ、本当、今のフィーはびっくりするぐらいの美人さんなんだからさぁ……。

「とにかく、その金は主が保管しておくと良い。勿論もっと欲しくなったらいつでも妾の住処から持ってくると良い」

「でも、何か悪い気が……」

「何を悪いと思うことがあるものぞ。妾がいいと言うておる。それにお主は人の身。であるならば武器はいくら持っていても困るまい」

「え？　武器？」

確かに僕は砂を魔法で操れるから砂金も使おうと思えば使えるけど……。

「砂金で戦うのはちょっとためらわれるかな」

「本当に面白いのう。ちなみに武器と言うても戦う道具ばかりが武器ではない。経済という武器というのもあるのじゃからのう」

フィーがおかしそうにしながら説明してくれた。経済——正直言えばそれはあまり考えていなかった。ここは砂漠だし、お金とか資産とは無縁と思っていたからね。

「お主はここに城を作った。確かにここは魔境とも呼ばれておる大砂漠だがのう、それでも何かを作れば何かが引き寄せられるものぞ。むしろお主という大物が現れたことできっとこれまでとは状況が大きく変わっていくと妾は思えてならないのだ」

な、何かフィーの僕に対する評価が過大すぎる気がするんだけど。

「ふふ、きっとお主であればファラオにも……」

「え？　何か言ったフィー？」

「うむ、なんでもないぞよ。とにかく金は主に預けておく。それなら良かろう？」

ま。まぁ預かっているということならね。

「それに、妾はもはや金なんぞよりお主に夢中であるからのう。妾の心も体もお主に釘付けであるぞよ？」

「な、何を言ってるんですか何を！」

イシスが腕をぶんぶんっと振りながらフィーに近づいて対峙《たいじ》した。フィーは顎を上げてどことなく挑発的な様子に見える。

「ふ、二人とも仲良くね？」

「主が言うなら善処《ぜんしょ》しようぞ。それに、このような小娘、最初から眼中にないのう」

そう言いながら何故かフィーが胸を強調してきた。うぅ、目のやり場が――。

「小娘小娘って、私だって少しは……」

そう言いながらイシスがローブの上から胸を掴んで、て何してるのイシス！

「――ほう、なるほど。お主それなりにあるようよのう」

「そ、それがどうしたのですか？」

「ふむ、良かろう。妾がちょっとチェックしてやろうぞ」

「はい？」

するとフィーがイシスのローブを掴んで脱がそうと、て、ちょちょちょ！

「何してるのフィー!?」

「うん？　どんなものかと思ってのう。しばし人のおなごも見ておらんかったからのう」

「だ、だからってこんなところでそんなことしたら駄目だよぉ！」

「そ、そうですよぉ」

イシスも必死に抵抗しているよ。当たり前だよね！

「ふむ、主はうぶであるな。そこがまた可愛いのだがのう。ま、仕方あるまい。ならば水浴びに行くぞ小娘」

「な、なんでそうなるんですか！」

「妾が決めたからであるぞ。ほれ観念せい」

「あ、主様！」

二人がそんなやり取りをしているところにメルとアインがやってきた。

「おお、ちょうどよい。お主も見た目は幼いくせにいいものを持っておる。よし、お主も一緒に来るがよいぞよ」

「ふぇ？　ちょ、主様──────！」

「そうだ主よ。混ざりたくなったらいつでも来てよいぞ」

「ちょ、それは駄目──────！」

「私をどこに連れて行くのですかぁ～」

こうしてフィーの手でイシスとメルはどこかへ連れ去られるのだった。

いや、水浴びなんだけどね。

「行っちゃった」

「ンゴォ」

「ふむ、ところで我々はどう致しましょうか？」

残ったアインが僕に聞いてくる。

う～ん、これからの予定か～。フィーも暮らすことになったし、そうなると食料ももっと確保しておいた方がいいかな。外もまだ明るいし。

それにフィーの言っていたこと……僕としてはあまり経済的なこだわりはないけど、周囲を調査していざという時に備えておくのも確かに大切なのかもしれない。

「狩りとあと周辺の調査をしてみようと思うんだ。ここは砂漠だけど、探せば何か面白い物が見つかるかもしれないし」

「なるほど！　いい考えですな。流石主殿です！」

「ンゴッ♪」

そして僕たちは一旦城から出て狩りに行った。僕がいなくても城には砂のゴーレムがいるし、フィーだってかなり強いみたいだからね。魔法の腕も凄そうだし。

それに、何かあったらすぐにゴーレムを通じて僕に伝わる。勿論その時には急いで戻らないと。

そしてアインと一緒に砂漠の探索に出向いた。念のため砂鉄も球体にして持ってきている。ある程度までは波で移動し、そこからは歩きになる。

「それにしても、やっぱり砂漠だけに周りは砂ばかりだね」

「そうですな。何せ砂漠ですから。しかし、砂漠とは言え一部では川が流れていたり、岩山があったりはするのです」

確かに塔から見ると岩山のある地帯も見えた。でも、何より驚いたのはこの砂漠の広大さだ。あの塔の上からでも砂漠の果てが見えなかったからね。

「ンゴッ！」

ふと、ラクが何かに気がついたようでトットコと走り出した。ラクの先には一匹の蝶々が飛んでいた。砂漠にも蝶々は飛んでいるんだね。

「ンゴッンゴ〜♪」

「ラクは呑気なものですな」

「はは、でもなんか和《なご》む」

「ンゴ〜〜〜〜〜〜〜！」

僕が蝶を追いかけるラクを微笑ましく思っていたその時、ラクの身が砂の中に沈んでいった。

いや、突如砂そのものが沈んだんだ。僕とアインが慌てて出来た穴に近づく。

「ンゴォンゴォ！」

「これは、我らの天敵でもあるサンドヘル！」

アインが叫ぶ。どうやらアインはこれをよく知っているようだね。

「サンドヘルは砂漠に潜む魔物！　あのように相手を引きずり込む穴を設置し、落ちてきた獲物を食べるのです」

「それは大変だよ！」

「ンゴッ！　ンゴー！」

ラクが慌てて穴から抜けようとするけど、傾斜になっている上に砂が滑って上手くいってない。すると砂の下から巨大な蟲が出現した。顎の部分が鋏のようになった不気味な蟲の魔物だ。

このままじゃラクが食べられちゃう、けど、そうはさせないよ！

「砂魔法・砂座波！」

魔法を行使。穴と言ってもこれは砂だ。それである以上、僕の魔法の範疇だよ。

ラクが滑り落ちるのが途中で止まり、僕たちに向けて波が運んでくれた。

「ンゴ～！　ンゴッ！　ンゴ～！」

戻ってきたラクが僕に飛びついてきてペロペロと舐めてきた。よっぽど怖かったんだろうね。

だけどこれでもう安心だ、と思ったら穴から巨大な蟲が飛び出してきた！

「獲物を取られたと思って興奮しているようですな。だが我にお任せを！　この蟲風情《ふぜい》が！」

アインが近づき槍で突きをお見舞いする。だけど、カキンッと槍が弾かれた。

「むぅ、こやつ硬い！」

サンドヘルが頭をもたげてアインに向けて砂を吐き出してきた。

「わわっ！」

勢いのある砂を浴びバランスを崩すアインにサンドヘルの顎が迫る！　だけどそうはさせないよ！

「砂魔法・砂巨烈拳！」

魔法を行使して砂の拳で殴りつけるとサンドヘルが仰《の》け反《ぞ》った。だけど、倒れない。

そして再びサンドヘルが勢いをつけて飛びかかってきた。

「だったらこれだ！　砂魔法・砂巨烈鉄拳！」

今度は砂鉄を使った鉄の拳でぶん殴る！　サンドヘルは今度は山なりに吹き飛んでいって元の穴に落ちていった。

それからもう這い上がってくる様子はない。穴を覗き込んだら完全に事切れていたよ。

ふぅ、無事倒せたようだね。でも、やっぱり砂漠には危険な魔物もいるようだね気をつけないと。

さてサンドヘルは倒せたけど、あまり美味しそうではないね。甲も硬そうだ。食料としては利用出来ない。

ただ、蟻地獄の隠れていた砂には変化があった。色が紫っぽく変色していてどうやら強力な毒を含んでいるらしい。

かなり物騒だけど、何かに使えるかも……この砂は一応持ち帰るとしよう。

さて、肝心の食料になりそうな獲物を求めて探し回る。中々見つからないなと思っていると、今度は砂の中から巨大なサソリが姿を見せた。

フィーの住んでいた場所でもサソリを見たけど、それとはまた違う気がする。体も一回りほど大きい。

「サハラスコーピオですな。主殿！　この魔物は旨いですぞ！」

するとアインが嬉しそうに伝えてきた。

「え？　食べられるの？」

　これは見た目にはあまりそうは見えないんだけどね……。

「はい。尻から尾にかけては猛毒がありますが、胴体部分は死ねば魔力が抜けて柔らかくなるのです！」

　アインが身振り手振りで教えてくれた。

　そうなんだ。見た目にはあまり食べられるようにも見えないけど、アインがそう言うなら信じられるね。

「よし！　なら倒そう！」

「はい！」

　僕が声をかけるとアインが張り切ってみせる。

「ンゴッ！」

　その横でラクも鼻息を荒くさせたけどね。

「あ、ラクは少し離れて応援だけしてくれたら嬉しいかな」

「ンゴッ！　ンゴオォオオ！」

　ちょっと危険だしね。僕が言うとぴょんぴょんっと軽く跳ねた後、トテトテと言われた通り離れてから、ンゴンゴッ！　と応援してくれている。あの姿なんだか癒やされるんだよね。さて、サハラスコーピオとの戦いだ！

「今度こそいいところを見せますぞ！」

アインが先ず一匹相手に挑みかかった。槍を巧みに操り突きをくらわせていく。よく知った相手みたいだから何処を狙えば攻撃が通じるのかよくわかっているみたいだ。硬い甲の隙間に槍がズブズブ刺さっていくよ。

「主殿、このサハラスコーピオは下からの攻撃にも弱いのです！」

そういいながらアインがサソリの頭を槍で跳ね上げ顕になったお腹を突き刺した。槍が貫通しサハラスコーピオが倒れる。

今の、一匹を倒すまで流れるようでとても早かったよ。でも魔物はまだ残ってる。だけど、なるほどね。それなら！

「砂魔法・砂欠泉！」

魔法を行使し、下から勢いよく吹き上がった砂で残ったサソリが一遍《いっぺん》に天に放り出されひっくり返った。

「流石は主殿です！」

お腹《なか》を見せて倒れたサソリにアインが次々と止めを刺していく。こうしてサハラスコーピオは無事全て倒すことが出来た。

「やりましたな大漁ですぞ！」

「うん。そうだね～でもこれ大きいから運ぶのが大変かも」

一応砂の魔法に乗せて運べるけどね。一旦戻った方がいいかな？

「問題ありません！　暫《しば》しお待ちを！」

うん？　何だろう？　何か手があるみたいだ。そしてアインが言うように暫《しばら》く待っていると。

「アギッ！」

「アギアギ！」

「アギィ〜」

なんと、アイアンアント達がいっぱい来てくれたよ！

「整列！　番号！」

「アギッ！」

「アギッ！」

「アギギッ！」

「アギ〜！」

「アギギィ！」

「アギ〜ギィ！」

「ア〜…………ギィ」

「よし！」

う、うん。僕には皆同じ鳴き声で答えてるようにしか見えないけど、アインからは何かわかるんだね。

そして今一匹だけ、眠そうにしているのがいたような？

「サハラスコーピオは我が兵がキチッと城まで運ぶ故！」

「え？　でもこんな大きいの大丈夫なの？」

「ははは、既に死んでいる魔物なら問題ありませんぞ。アイアンアントはパワーには自信がありますからな」

するとアイアンアント達が揃《そろ》って何か肉体をアピールするポーズを取ってくれた。一匹以外。

う、うん。きっとそれぞれ僕たちでいうところの筋肉が凄いとかいう意味があるんだろうね。

ただ一匹は船を漕《こ》いでいた。

「「「「「「「アギィ～（ア……フゥ）」」」」」」」

そしてアイアンアント達がサハラスコーピオを運んで城に向かってくれた。その間も一匹だけ寝ている気がしたけど。ま、まぁこれは確かに助かるかも……。

さて、狩った獲物も運んでくれたし僕たちはまだ探索を続けることにした。だけど、やっぱりここは砂漠だ。ローブを羽織って砂の力も利用して熱を遮断しているけどそれでも疲労は溜まっていく。一応水は持ってきたけどそれもそろそろ空《から》になる。

「アイン、大丈夫？」

「も、申し訳ない……一応水は十分飲んでおいたつもりなのだが」

アインにも疲れが見える。これはそろそろ戻った方がいいかな？

「ンゴッ！」

　すると、ラクがトコトコやってきて、僕たちに何かを訴えてきた。瘤をアピールしているようなんだけど……。

「ンゴッ！」

「え？　これって？」

　驚いたことにラクの一番後ろの瘤から細長い口みたいなのが伸びてきた。そして僕の手を口で突《つ》っついて更にアピール。

「手を出してってこと？」

「ンゴッ！」

　言われた通り、手を出すとなんとその伸びた口から水が出てきたよ！

「す、凄いやラク！　こんな特技があったんだね！」

「ンゴッ！」

「わ、我もいいですかな？」

「ンゴッ！」

　そして僕たちはラクが出してくれた水で喉を潤すことが出来た。本当、ラクのおかげで大助かりだよ！

　おかげで継続して僕たちの探索は続いた。それにしても砂漠にはやっぱり危険な魔物も多いようだ。

「あれはスナオオミミズです！　獰猛で食欲旺盛ですが食べると美味しいですぞ！」

「あれも食べれるんだ!?」

「ンゴォオォオォオオオ！」

砂色の大きなミミズの大群に襲われてラクが悲鳴を上げた。それにしても砂漠はわりとなんでも食べられるんだね。過酷な環境だから食べられるものはなんでも食べないとやってられないのかもだけどね。

さて、スナオオミミズは相手に勢いよく砂を吐き出す攻撃が得意みたいだ。でも、砂は僕には効かないよ！

「砂魔法・砂槍！」

吐き出された砂は砂魔法で操作！　逆に槍にして跳ね返してあげた！

砂の槍が刺さってミミズがバタンバタンっと砂の上をのたうち回った。体は思ったより柔らかい。

「砂魔法・砂鉄攻雨！」

砂鉄を上空で雲のように変化させてから雨のように降らせる。勢いのついた砂鉄の雨に貫かれて残りのスナオオミミズも動かなくなった。

「流石は主殿です！　凄まじい魔法ですな！」

「ンゴッ！　ンゴッ！」

アインが褒めてくれたけど砂漠に現れる魔物は砂を利用した攻撃が多いんだよね。だけどそれは僕の砂魔法と相性がいいんだ。

「たまたま僕の魔法と嚙み合っただけだよ。砂といっても万能ってわけじゃないから油断は出来ないし」

「なんと謙虚な！　そこがまた王の素晴らしきところなのですな！」

「ンゴッンゴッ」

アインの話にラクが頷いているけど、うーん、アインはやっぱり時折僕を王と呼んでくるね。

「「「「「「アギィ～」」」」」」

「本当にありがとうね」

スナオオミミズもアインの蟻達が運んでくれた。助かるけど今度何かお礼しないと。蟻はあの魔物も食べるようだから振る舞ってあげようかな。

でもこれで食料はもう十分かな？　そろそろいい時間だし戻ってもいいかも。

「ンゴ～ンゴ～」

そう思っていたらラクが僕のローブを引っ張ってきた。何かを伝えたがっているみたいだ。

ラクの示す方向を見ると、砂が、キラキラしている？

また砂金とか？　いや、そんなにあっちこっちに砂金があるわけないか。僕は砂感知で砂の様子を確認する。

え？　これって？

「あれはなんですかな？」

「うん。僕の予感が正しければラク、お手柄だよ！」

「ンゴ？　ンゴッ♪　ンゴッ♪」

ラクを褒めると嬉しそうにステップを踏んだ。ふふ、可愛いねラクは。

さて、僕たちはキラキラした砂の溜まっている場所までやってきた。

「これはなんとも目がチカチカしそうですな」

「ンゴ～」

砂が太陽に反射しているからか、ラクも眩しそうにしている。そして僕は砂を手で掬って確認してみた。

「やっぱりこれ、珪砂《けいしゃ》だよ！」

「珪砂でございますか？」

「ンゴッ？」

アインとラクが小首を傾げた。どうやら珪砂が何かはいまいち摑めてないみたいだ。でも、僕からしたらこれは宝の山とも言えるかも。

それぐらい素晴らしいいし、ここ一体が珪砂なら相当な資源になる。

「ホルス殿、これは何かの役に立つのですかな？」

アインが興味深そうに聞いてきた。この砂の利点は主成分が石英《せきえい》ということなんだよね。

「うん。見ていて」

そしてこれも砂だから僕の魔法で操作可能だ。魔法を行使して――。

「砂魔法・砂造形《すなぞうけい》」

珪砂がその形を変えていく。そして――出来たよ石英の硝子が！

「こ、これは透明で、なんとも奇妙な板ですな」

「うん。硝子だよ。これがあれば城の窓にも嵌《は》められる」

「ンゴッ！　ンゴォ♪」

「はは、くすぐったいよ」

ラクがペロペロして頭を擦り寄せてきた。ラクなりに感動を表現しているみたいだ。

そしてその後、硝子を舐めて微妙な顔をしていたよ。食べ物じゃないからね。

でも、この量は流石に多いかな。全部は持って帰れないし、場所を覚えておいて必要な分だけ――。

『ウォオオォオォオォオオン！』

だけどその時だった。砂が大きく盛り上がってなにか巨大な生き物が姿を見せたんだ。

「あれって、亀？　いや、モグラ？」

「なんと、サンドタートルモールですぞ！」

サンド、タートルモール？　アインの話によるとどうやら亀の甲羅を背負ったモグラみたいな魔獣らしい。

「ただ、ちょっと妙ですな。甲羅がやたら透明感があってキラキラしているような？」

アインが小首を傾げた。確かに甲羅は透明感があって硝子みたいだ。

もしかしてこいつは砂を摂取するタイプの魔物なのかも。このあたりの砂は石英で出来ているから取り込むことで甲羅が硝子化したのかもしれない。

『ウォオォオォオオオオ！』

タートルモールが口から大量の硝子の破片を吐き出してきた。やっぱり間違いない！

体内で硝子を生成出来るほどに変化しているのか！

「砂魔法・砂鉄壁《さてつへき》！」

急いで砂鉄の壁を構築しガードした。あの勢いだと砂壁だと貫きかねない。ガツガツガツガツガツ！　とけたたましい音が鳴り響く。

硝子が壁に刺さったのかも。だとしたら大した殺傷力だ。

「砂魔法・砂巨烈拳！」

砂の拳で魔獣を殴り付ける。すると手足を引っ込めて甲羅の中に身を隠した。拳が当たるもダメージはなさそうだ。

硝子なのに随分と硬いな。もしかしたら元の甲羅の性質が残ったまま硝子化したのかも。

サンドタートルモールが再び手足を出してこっちを見た。かと思えば前足が突然回転を始める。な、何あれ？

「あれはタートルモールのドリルですぞ！　あれの破壊力は危険です！」

アインが緊迫した顔で教えてくれたよ。

「ンゴッ！　ンゴォォォオ！」

ラクも焦っている。それにしても、ど、ドリル？　何だか多彩な攻撃手段を持っているみたいだね。

そしてタートルモールが回転する腕を振るうと、砂ごと回転しながら衝撃が飛んできた。

「ンゴォ～！」

「アイン！　ラクをお願い！」

ラクには逃げる暇がなかった。こいつは攻撃の範囲も広いし、このままここにいては危険だ。

「しかし、ホルス殿は！」

「僕は大丈夫！　砂魔法・砂鉄壁！」

急いで生み出した砂鉄の壁でタートルモールの攻撃を受け止めた。だけど、ガリガリと壁が削られている。

「ホルス殿……」

アインが心配そうに声を掛けてくる。だけど、ここは僕に任せて欲しい。

「お願い！　ラクも大切な仲間なんだ！」

「わ、わかりました！」

「ンゴォ～」

アインに連れられて離れていくラクが心配そうに鳴いていた。でもラクはイシスにとっても大事な友達だからね。何かあったら彼女が悲しむ。

さて、そろそろ壁は限界かもしれない。なら――。

「砂魔法・砂柱！」

砂の柱で上に回避。壁が破壊されて回転する衝撃が突き抜けた。砂煙を上げながら砂漠に溝が出来ていく。

大した威力だよ。でも、上からなら――。

「砂魔法・硝砂攻雨《がらすこうう》！」

この辺りの砂は石英だ。それなら硝子化した雨が降らせる。

硝子の雲が出来て、キラキラした雨が降り注ぐ。するとまたもサンドタートルモールが手足を引っ込めた。甲羅に雨が当っても効果は薄い。

だけど、これならもしかして――僕は柱から砂の上に着地。雨を降らしたまま別な魔法も行使。

「砂魔法・硝砂槍《がらすそう》！」

石英が変化した硝子の槍を放ち、サンドタートルモールが引っ込んだ穴の中に突き進む。

「グォオォオォオォオオオ！」

サンドタートルモールの叫び。やっぱり、亀の甲羅で守るということはそれ以外の箇所はそこまで硬くないんだ！

よし、このまま押し通す！

「グオォオォオォオオオオ！」

だけど、突然サンドタートルモールが回転を始め砂の中に潜っちゃったよ！

こいつ、動きが本当多彩だね！　だけど、僕には砂感知がある。砂の中に感知を広げて、え？　僕の真下——。

「砂魔法・砂柱！」

嫌な予感がしたから柱を伸ばした！　その途端に先端の尖った硝子の杭が砂を突き破って伸びてきた。

感知でわかったけど、甲羅を変化させたみたいだ。あいつ、あんな真似も出来るんだ。

本当に油断ならない奴だね。だったら僕だって！

「砂魔法・硝砂嵐舞《がらすらんぶ》！」

タートルモールが潜っている場所の砂が硝子化して螺旋状に巻き上がる。硝子混じりの竜巻といった様相だ。

砂も巻き上がり、隠れていたタートルモールの姿が顕になった。そのまま竜巻の中の硝子を槍に変えて集中砲火だ！

『グォオォォオォォオォオオ！』

タートルモールの叫び声が聞こえてくる。大分効いたみたいだ。だけど、なんだ？　タートルモールの回転が段々早まってきている。

それに、何か太陽の光が甲羅に集中しているような——まさか！

「グォオォォォォオオオオオ！」

しまった！　眩しい！　こいつ甲羅を鏡のように変化させて光を反射させたんだ。

「グォオォオオォォオオォオオオ！」

更に勝ち誇ったような咆哮。目くらましで？

いや、違う。キュイイィイイィン、と奇妙な音が集束している。何かが来る。なんだ？

太陽の光、この状況！　まさか——刹那《せつな》、凄まじい轟音で周囲の砂が焼き焦げていった。砂の柱も砕けて僕は砂の上に落下した。

光線が四方八方に放出されている。太陽光線だ！　太陽の光を甲羅に集めて回転しながら放つ。とんでもない攻撃だ。

本来のタートルモールの甲羅は硝子ではないようだけど、この場所に居着き石英の成分を取り込んでいるうちに適応して変化したんだろうな。

だから危なかった。あと一歩遅かったら、そうこの鏡の壁を作成するのが少し遅れていたらきっと僕も焼かれていたよ。

危なかったね。そしてこの辺り一帯が石英の砂で良かった。砂魔法で砂を硝子にした上で魔力で調整して鏡化してガードが出来た。

太陽光線は強力な攻撃だけど鏡で反射出来る。

これで光線を受ける心配はないけど、ただ、あいつは回転しながら光線を辺り一帯に撒き散らしているから、この状況じゃ僕も迂闊に動けないや。

「ホルス殿！」

「え？　アイン！　この中をやってきたの!?」

驚いたことにアインが駆けつけてくれた。さっきから光線が飛び交う中で無茶しすぎだよ！

「王のためならばこのアイン、いつでも命を投げ出す覚悟を！」

「駄目だよそんなの！　命を投げるのは駄目！　いい？」

「は、はい。うぅ、何たる優しさ！」

なんか涙を流し始めたけど命を粗末にするのは駄目だからね。

「ですが、心配はしてませんでした。ホルス殿が壁で防いでいるのが見えた故」

確かに鏡化した硝子の壁で光線を防いでいるからその直線上を走ってくれれば大丈夫な計算だ。

「そういえばラクは？」

「はい。安全な場所で兵に守らせております」

蟻の兵がやって来てくれたんだね。あの熱心な働きぶりには本当に感謝してもしきれないよ。

「しかし、この状況どうされますか？」

「う～ん……」

ここはやっぱり撤退かな？　光線のガードは出来ているからこのまま退けば逃げることは出来ると思う。

「やっぱり一度撤退かな。これ以上皆を危険には晒せないし」

ラクのことも心配だし深追いして誰かが傷つくのは駄目だ。石英については惜しいけど今無理することでもないよね。

「なんと！　くっ、このアイン、王のために尽力出来ればと思ったのですが不甲斐ない！」

アインが悔しそうにしているね。僕を手助けしようと戻ってくれたみたいだからよりそう思うのだろうな。

でも、この状況じゃ……アインはある程度接近出来ればその力が役立ちそうだけど……うん？　接近——ふと僕の頭の中でサンドタートルモールに対抗出来そうなアイディアが降りてきた。

「確かに、アインがいてくれたら何とかなるかも……」

「本当ですか！　我に役立てることならなんなりと！」

アインもやる気満々みたいだね。うん、アインがそう言うなら、試して見る価値はあるかもしれないよ。だからアインと話し合ってこのまま戦闘を続けることに決めた。

サンドタートルモールは未だに辺りに光線をばら撒いている。あっちこっちの砂が焦げているよ。それでもまだまだ石英は残っているけどね。

「砂魔法・硝砂人形！」

魔法を行使して硝子で出来たゴーレムを作成した。鏡から顔を出して確認する。勿論硝子は鏡化してある。

ゴーレムがサンドタートルモールに近づいているのがわかった。光線が当たるけど鏡で跳ね返っている。よし、予定通りだ！

そしてゴーレムがサンドタートルモールの目の前まで近づいた。回転しているからそこに手を触れるとガリガリと削られていく。だけど、穴とすれ違ったタイミングでゴーレムが入った！

これで後は——少し待つ。回転は続いているけど、その時だった。

「グアァアァアァアァアァアア！」

サンドタートルモールの断末魔の叫び。回転が止まって、頭の引っ込んでいた穴から、アインが無事姿を見せたよ。

「やりましたぞ主殿！」

アインが両手でタートルモールの頭を掲げて叫んだ。討伐証明《とうばつしょうめい》といえる部位だね。

ふぅ、でも作戦は大成功だね。僕はアインを硝子のゴーレムの中に入れたんだ。その上でゴーレムに近づいてもらい強引にタートルモールの頭のある穴に入ってもらった。

その後はゴーレムを砕いてアイン単体で入っていき、無防備な頭を狩ってもらったというわけ。

サンドタートルモールは甲羅は頑丈だけど、頭や手足はそこまでじゃない。アインの力があれば中にさえ潜ってしまえばどうとでもなったわけだ。

「このアイン！　主殿のお役に立てて光栄至極でございます！」

戻ってきて自らの胸を叩いてアインが宣言した。僕のためにか……そんな器だと思ってないけど、仲間を信頼出来る、そんな関係はいいよね。

さて、魔獣を含めて珪砂ごと回収していくことにした。このサンドタートルモールは硝子化した珍しい魔獣なようだし、硝子の甲羅は色々と役立つかもしれない。ただ僕の魔法は砂化している石英にしか及ばないからこの魔獣を直接加工するのは難しいかな。

それでも、これだけの大物だし何かの役に立つかも知れないからね。

「ンゴォ！　ンゴォ！」

アインに案内されてラクが待機している場所に向かった。ラクは僕を見つけるとすぐにトトトっと近づいてきて無事だったことを喜ぶように頭を擦り付けてきた。撫でてあげると嬉しそうだったよ。

「君たちもありがとうね」

「アギィ」

「アギッ！」

「アギギッ！」

アイアンアントの兵達もラクを守ってくれていたからね。感謝感謝の気持ちでいっぱいだよ。

それからはアイアンアント達も含めて皆で波に乗って城に戻ったんだ。

「ホルス！　な、何これ、おっきぃ！」

「うん。サンドタートルモールという魔獣みたいなんだ」

サンドタートルモールを見てイシスが随分と驚いていたよ。

「ほう。流石主だ。妾の水浴びに合流もせずどこかへ行ったかと思えばこのような大物をのう。しかもこのサンドタートルモール、変異しておるではないか」

流石フィーは魔獣にも詳しいみたいだね。でも水浴びについては、流石に一緒には入らないよ！

「そういえば甲羅が硝子みたい」

イシスが甲羅を眺めて触ったりしながら言った。メルや来ていたハニーアントも興味深そうだ。

「アリ～」

「アギッ！」

「アリィ！　アリ～」

「アギギ～」

何やらハニーアントとアイアンアントが話しているようだね。何を話しているんだろう？

「ははっ、アイアンアントが主殿の活躍を話して聞かせており、ハニーアントが驚いているのですぞ」

「えぇ！」

アインが教えてくれたけど、まさか僕のことで盛り上がっているとは思わなかったよ。

「しかし何故このようなことになったのであろうのう？」

「それはねフィー。この砂の効果なんだ」

「ほう、この砂かのう？」

フィーが砂を掬ってまじまじと確認する。

「ふむ、やけにキラキラしておるのう」

「石英を含んだ珪砂なんだよ。これをね――」

僕が魔法で硝子化して見せると、皆が驚いてくれた。

「が、硝子！　凄い希少な硝子がこんなにあっさり」

「フフフ、流石は主であるな。全くお主の魔法は大したものぞ」

イシスとフィーがそう評してくれる。美人の二人にそう言われると、なにかむず痒《がゆ》くなっちゃうよ。

「この硝子を城の窓に嵌めれば更に快適になるよ」

これまでは窓と言っても開きっぱなしだったし夜は閉じていたからね。窓ガラスがあればその心配はいらない。

「凄いです主様。国がどんどんと栄えていきますね！」

僕が作成した硝子を見て、メルが喜色満面で称《たた》えてくれた。

「え？　いや国は流石に大げさだけどね」

ただ、僕は国を作っている意識はないからね。皆は仲間だけど、流石にそんな大それたことは言えないよ。

「良いではないか。もうお主が王としてここをホルス王国としておけば。どうせ文句を言うものはいまい」

「いやいや！　流石に勝手に国は名乗れないよ！」

フィーが楽しそうに笑いながらからかってくるけど、僕が国を興《おこ》すなんて恐れ多すぎだからね。

「ところで主よ。これで鏡は作れるかのう？」

「うん。大丈夫だよ」

魔獣退治のときにも鏡化したからね。注文通り魔法で石英から鏡を作り出す。うん、いい感じな仕上がりだ。

「こんな透明度の高い鏡が出来るなんて……」

イシスがまじまじと僕の作った鏡を見て言った。

鏡はそういえば帝国でも貴重な代物で余裕のある貴族でないと購入出来ないとされていた。それに市場で出回っている鏡の多くは銅鏡で硝子で出来たのは本当に少なかったんだ。

「ふむ、やはり水よりも鏡の方が妾の姿もよくわかるのう」

「こ、これが我の今の姿なのか？　むむ、悪くないではないか」

「大変です主様！　私の胸に大きな瘤が！」

「それはおっぱいであるぞ。お主気づいておらんかったのか？　一緒に水浴びもしたであろうに」

ははは、鏡のおかげで皆も改めて自分の姿が確認出来たみたいだね。

僕も見てみたけど国で見た時とそんなに変わらないかな？　相変わらず癖のある金髪に赤い瞳だよ。

「ンゴッ！　ンゴッ！」

「アリィ～」

「アギィ〜」

ははは、ラクも自分の姿を鏡に写して驚いているね。蟻達もだよ。

でも、こうやって少しずつでも賑やかになっていくのは何かいいよね。家族が増えたみたいで。

家族か……帝国ではほとんどの皆から煙たがられていた僕だけど、そういえば妹だけは僕を気遣ってくれていたっけ……唯一気がかりがあるとすれば妹のモルジアのことだけなんだけど、元気でやっているかなぁ――。

第五章　砂漠と妹

「まさか、砂漠がこんなにキツイなんて思わなかったですの――」

ゆったりとした外套《がいとう》を巻きつけ、一人の少女が延々と続く砂の道を歩いていた。少女は元は西のマグレフ帝国の皇女であったが、慕い続けた愛しの兄を国が追放したと聞き、城から脱出しそのまま逃げ出してきた。

路銀は持ってくることは出来なかったが、途中で自らが着ていたドレスと小物を売却し、代わりに平服を購入した。更に砂漠の手前の村で砂漠超えに役立つこの外套と砂が入らないような靴を購入。

魔法の役に立つ杖も手にした。本来はラクダのような乗り物も欲しかったが、ここに至る前に掛かったお金で大分使ってしまったためラクダを購入するほどの余裕はなかった。

仕方ないのでまさに杖に寄り掛かるようしながら、重い足取りで先を行く。

空間魔法が有るため、身につけておく必要のあるもの以外はしまっておけるのが利点だが、やはり少女一人の身では砂漠を超えるには少々心もとない。

だが、ここは死の砂漠とさえ称される危険な場所だ。日程を決めてのちょっとした探索なら協力してくれる冒険者もいるだろうが、いつ出会えるかわからない兄を探す旅に付き合う酔狂《すいきょう》な冒険者はいない。

この砂漠は死の砂漠と呼ばれているが、砂漠全土が危険視されているわけではない。ただ、中心に行けば行くほど危険は高まるとされている。

あくまで噂程度だが握力一万を軽く超えるような猿の魔獣や、砂の中に潜み足を踏み入れた者を引き寄せ喰らう巨大な蟻地獄のような魔物。

それに猛毒を持つサソリや巨大な怪鳥、亀の甲羅にモグラがくっついたような化け物など、砂漠に潜む危険な生物など挙げれば切りがない。

その上、砂漠の中心地には神獣のスフィンクスまで潜んでいるという話だ。ただこれはあくまで伝説だ。噂ではスフィンクスは金で人を惑《まど》わし金に目が眩んだ相手に問題を与え、答えられなかったら喰らうようだ。

もっともスフィンクスに出会って逃げ切れたものなどいないとされるためどこまでが本当か怪しいところだが。

とにかく——少女モルジアはそんな危険な砂漠を目的はあれど宛《あて》もなく彷徨《さまよ》い続けていた。

頼りの兄が、この広大な砂漠のどこに追放されたのかまで彼女は聞かされていない。追放に加担した兄達は砂漠のどこかとしか口にしなかったからだ。

ただ絶対に戻ってこれないという点だけは自信があったようなので、この帝国からはかなり離れた場所なのは間違いがないだろう。

モルジアは魔法で生み出した空間から革製の水筒を取り出し水を飲む。熱い、暑いというより熱い。この熱帯の砂漠を歩くのは間違いなく辛《つら》く体力もどんどん消耗されていく。

水筒の水もあまり無駄には飲めないが、とにかく喉が渇く。

「やっぱり私みたいな女の子が無茶だったかもしれないですの……」

つい弱音を吐いてしまう。その時、ふと思い出し懐《ふところ》から砂色の花を取り出して眺めた。

それは昔、兄のホルスがモルジアのために魔法で作成し贈ってくれたものだ。ホルスは魔法で作成した物に魔力を定着させこうして残すことも出来る。

意地悪な兄に虐《いじ》められ泣いていた時にホルスが作ってくれたものだ。まだ小さな頃の思い出だが、モルジアはそれを昨日のことのように覚えていた。

「うん、そうですわ！　こんなことでへこたれてなるものかですの！　愛しのお兄様とも会えないまま死んでなどいられませんですの！」

砂の花を見て、再び彼女のやる気に火がついた。その時、ふと視界の端に兎が見えた。

砂漠にも兎がいるんだ、と呟きつつ、少し癒されたいなと思い近づいていく。しかしモルジアに気がついた兎が逃げ出した。

砂漠の獣は気配に敏感だ。常に敵が多く単純に近づこうとしても警戒心が高く上手く行かない。

「もう、何も取って食おうってわけじゃありませんのに――」

その時だった。砂の中から飛び出た大きな口が逃げる兎をパクンっと一呑みにした。

それは茶色い体をした巨大な生物だった。魔物？　とモルジアが警戒心を強める。

見た目は蛙に近い。肌もヌメッとしている。ただ目がやたらとギョロギョロしていた。

「ゲコッ！」

「キャッ！」

その蛙が長い舌でモルジアを舐めてきた。舌が触れたのはほぼ外套だが、顔は直接舐められベトベトした涎が絡みつく。ベタベタしていて生臭かった。

「き、気持ち悪いですの」

「ゲコッ！」

すると今度は蛙がモルジアに向けて飛びかかってきた。

「な、舐めないで欲しいですの！」

杖を突き出し魔法を行使。蛙がパッと消え、かと思えば十メートル上空にいて落下してきた。

「ゲコッ！」

頭から落ちた蛙だが、死んではいない。柔らかい砂の上だったからだろう。ただ動きは止められた。その隙にモルジアが空間移動で逃げ出す。

「ふぅ、良かったですの。でも、やっぱりあぁいうのがいるんですわね……」

ホッとしつつ、今後は気をつけながら進もうと心に決めるモルジアであった。そのまま砂漠を進む。

「はぁ、はぁ、あれ？　おか、しいですの。確かに熱いですけど――」

それから暫くしてモルジアは自分の体調の異変に気がついた。足取りが重い。頭もフラフラしていて呼吸も荒い。

そして異様な倦怠感《けんたいかん》。段々と目眩《めまい》がひどくなり、ついに砂の上に倒れてしまった。

「一体、どうなっていますの？」

砂漠に倒れたまま段々と意識が薄れていくのを感じていた。まさか太陽の熱に？　とも思ったがふと、あの蛙に舐められたことを思い出した。

「まさか、あの唾液に毒が？」

迂闊だったと、悔やむ。ここは死の砂漠とも呼ばれる危険地帯だ。そんな危険な砂漠に現れる魔物が、何の意味もない行動をしてくるわけがない。

あの蛙はきっとモルジアを毒で弱らせた後に食うつもりだったのだろう。

「こんなところで、死ね、ないですの――」

何とか立ち上がろうとするも体の自由が効かない。足もふらついていた。

まずいまずい、頭の中に警笛が鳴り響く。そして、再び砂漠の中に前のめりに倒れてしまった。

　そして、そんな彼女に近づく影。何とか視線だけ気配に向けて這わせると、そこにいたのは――。

「う、そ、ゴブリンですの？」

　そう。ゴブリンだった。ただしモルジアが知っているゴブリンとは肌の色が違う。彼女が知っているゴブリンは体色が緑だったがこのゴブリンは砂の色をしていた。環境に順応して肌が変化したのかもしれない。

「い、いや……」

　どちらにせよモルジアがピンチなのは確かであった。毒の影響で魔法を使う気力も残っていない。

　するとゴブリンにしては巨大な手が伸びてきて、モルジアに手枷と足枷を嵌め、そのままどこかへ連れ去ろうとした――。

　その現場を見ていた蟻達がいた。

「アギィ」

「アギギッ」

　蟻達は何かを相談している様子だった。捕まっているのは人間でありこれまでなら特に何も思うところもなかっただろう。だが、最近ではそうとも言えない事情があった。

ただ——砂漠のゴブリン達の中には一際大きなゴブリンの姿もあった。枷を嵌めたのもこのゴブリンだった。

それはホブゴブリンだった。通常のゴブリンよりも体が大きく力も強い。アイアンアントでもそう簡単に勝てる相手ではなく、しかも彼らは周辺を見回る目的を与えられた調査兵。そこまで数は多くない。

蟻達は少女が連れされた場所に集まり相談し、一匹だけを追跡に回しておき、戻ることにした。王に話をして判断を仰ごうと思ったのである——。

◇◆◇

硝子のおかげで城に窓ガラスを嵌めることが出来た。何だか少しずつ僕の城にも変化が見られて嬉しくなるね。

昨日の夜は硝子だけではなくて狩ってきた獲物を使って食事も楽しんだ。協力してくれたアイアンアントにも料理は振る舞ったよ。

これまでと違って今はフィーがいてくれたのも大きいかな。フィーは火も魔法で操れるから肉もこんがり焼いてくれたし。

素材については、正直最初は抵抗あったのも多かったけど、食べてみたら意外と美味しかったよ。

ただ――。

「やっぱり一味足りないよなぁ……」

「え！　もしかして何か不具合が!?」

朝食を用意してくれたメルが申し訳なさそうなそれでいて泣きそうなそんな顔になっていて僕は慌てた。

「ち、違うんだ。このパンと蜂蜜はとても美味しいよ。ただ、昨晩の食事とかやっぱり塩があった方がいいなってそう思って」

僕が説明するとメルがホッと胸を撫で下ろす。

「塩……確かに塩があった方が料理の幅は広がるよね」

「ンゴッ！」

僕の話にイシスとラクが頷いた。そう、塩がないのはやっぱりちょっと寂しい。ただ砂漠であまり贅沢は言えないかもしれない。

「ふぬ、主よ。その塩というのはなんであるか？」

「え？」

僕とイシスがそんな会話していると、ふとフィーがそんなことを聞いてきた。

「え？　フィーは塩を知らないの？」

「知らぬ」

「申し訳ありません主殿。我も塩というのは知らなくて」

「まさか、食べると死ぬものとかですか？」

フィーはきっぱりと口にし、アインは申し訳なさげな顔を、メルに関しては「塩」と「死を」とを勘違いしているようだ。

「砂漠だから見たことないのかも」

「そうか……そうだよね。塩は海がないと」

塩といえばやっぱり海だ。だけど砂漠に海があるわけない。

「それで主よ。塩というのは何かのう？」

改めてフィーが塩について聞いてきた。だから僕も説明してみる。

「うん。えっとね、粉みたいな形で舐めると凄くしょっぱいんだ」

「ふむ、粉みたいでしょっぱいとな。ふむ――」

僕とホルスで説明するとフィーが腕を組み頷き、

「それはもしや、しょっぱい砂のことであるか？」

そう僕に聞いてきたんだ。

「え？　しょっぱい砂？」

「うむ。妾の知っている場所に白くてしょっぱい砂があるでのう。あんなもの好んで食う気も起きなかったがな」

ま、まさかそれって、本当に塩なんじゃないのかな？　そう思うと俄然《がぜん》興味が湧いてきた。

「フィー！　その場所はわかる？」

「ふふ、馬鹿にするでない。しっかり覚えておるぞ」

良かった！　なら是が非でも行かないとね。

だから僕達はフィーの記憶を頼りに、そのしょっぱい砂のある場所まで案内してもらったんだ。

途中で現れた魔物を倒しながら波に乗って移動。その先で暫く進むと砂の色が段々と白っぽく変化していった。

「どうじゃ？　これがお主の望む塩、なのかのう？」

「う、うん！　そうだよ！　これはまさに塩だ。塩の砂だよ！」

指に付けて舐めてみたけどしょっぱくて確かに塩だった。本当に驚いた。フィーが連れてきてくれた場所は、まさに塩の砂漠と言って差し支えない場所だった。

辺り一面が塩で白く変色していて、見たことはないけどもし雪という物を見たならこうなんだろうなと思わせる、そんな幻想的な白さだった。

「ンゴンゴッ！」

するとラクが塩の砂に飛び込み口に含んでいく――。

「あ、ラクそんなに舐めたら――」

「ンゴ――――――！」

ラクが飛び上がってジタバタしていた。そんなに一遍に舐めたらそれはね。

「もうラクったら」

「ンゴ～……」

イシスがラクの頭を撫でてあげていた。ラクはちょっと唇が赤い。

「しかしこのようなしょっぱいだけの砂が何かの役に立つのですかな？」

アインも塩の砂を舐めて不思議がっていたけど、あるとないとじゃ大違いなんだ。

「塩は調味料として優れているからね。それに保存食を作るのにも適している」

今は僕の魔法で砂の中を真空にして日持ちさせているけど、それでも限界はある。

でも塩があれば塩漬けに出来たりと保存食の幅も広がるんだ。

「でもホルス、この量を一度に持っていくのは難しいよね」

顎に指を添えイシスが難点を口にした。確かにね……フィーはこれを塩の砂だと言っていたけど、流石に砂としては――。

「て、魔法に使えた！」

お、驚いたよ。試しに魔法を行使したらなんとここの塩が形を変えてくれた。塩の人形《ゴーレム》が出来たんだ。

「わぁ凄いホルス！」

「お、おどろいたなぁ。まさか砂魔法で塩まで扱えるなんて」

イシスが驚きの声を上げていたけど、やってみた僕自身も驚きだよ。

「主よ。この塩とやらはあくまで砂漠の砂の中にある代物。砂鉄や砂金と変わらぬ。つまりこれは砂塩であるぞ」

だ、だから僕の魔法の範疇ってこと？　砂塩だからってことか。

そういう解釈でいいのかな？　でも魔法で操れるのは事実だからね。

とにかく、これは僥倖《ぎょうこう》だよ。よし、この場所は覚えておいて必要な分だけとりあえず持ち帰るとしよう。

砂塩人形を何体か作って、て、なんだろう？　また今度は塩が幾つも山になって盛り上がってきた！

「～～～～～～～～～～ンゴッ！」

ラクが驚いて引っくり返りそうになったよ。そして姿を見せたのは、鋏をもった巨大な魔物だった。

「これは、サソリ？」

「違うぞよ主。これはサンドジャイアントクラブ。サソリではなく蟹《かに》の魔獣なよのう」

蟹！　海にいると聞いたことがあるあの蟹なんだ！

「砂漠に蟹がいるなんてね」

「しかしこれは良い。こいつは身がとても美味だからのう。食べ応《ごた》えがあるぞよ」

フィーがそう言って喜んだ。食べ応えがあるんだ。美味しいと聞くと興味が湧くね！

「よし、なら倒そう！」

そう決めた僕達だったけど、蟹の魔獣はその鋏を使って僕達に攻撃を仕掛けてくる。

それにしてもサソリといい鋏を持った生物が多いね。ただ、こいつはサソリと違って毒はないようだ。

ただし甲羅はサソリより硬く、鋏の威力も高い。その上――。

「ンゴッ！」

「あ、ラク！」

蟹の魔獣は口から泡を吐き出してラクを閉じ込めてしまった。こういう泡を使った攻撃も得意なのがこのサンドジャイアントクラブなんだとか。

「この泡、弾力がありますぞ！」

「ならゴーレム！」

僕の作成したゴーレムが泡ごとラクを持ち上げて運び離れてくれた。

「ンゴッ♪　ンゴッ♪」

「おお！　流石主殿！」

「ふん、しかし妾の食料の癖に主に逆らうとは、生意気な蟹だのう！」

フィーが手をかざすと巨大な火球が生まれてサンドジャイアントクラブに放たれた。直後に起きる大爆発と火柱。

一気にサンドジャイアントクラブが巻き込まれてたった一撃で倒しちゃったよ……。

「ふむ、やり過ぎてしまったかのう？」

「あぁ、塩が、フィーもう少し手加減を！」

「何ぞ小娘。妾に命令するつもりかえ？」

イシスがフィーにちょっと厳しい口調で意見を言った。フィーはそれに対して不機嫌そうに、というか挑戦的に？　言葉を返してちょっと険悪モードに。

「ちょ、ちょっとこんなところでそんな。イシスもフィーは良かれと思ってやってくれたんだし。それにフィーはイシスの言う通り次はもう少し加減してくれると嬉しいかな？」

「ふむ、主がそういうなら仕方ないのう。反省するとしようぞ」

「あの、ごめんなさいホルス。私もちょっと言い過ぎたかも……」

良かった。二人共納得してくれたようだよ。

それにしても……この辺り一帯の塩だけ見事に焦げたね。焼き塩って感じだ。まぁまだ塩はいっぱいあるけどね。

あと蟹もこれは持って帰れないかなぁ。

「これは何か美味しそうな匂いがしますな」

「はい。凄く食欲がそそられます」

アインとメルが焼けてしまった蟹を見ながら涎《よだれ》を垂らした。

「ふむ、確かにこれはいい感じに焼き上がってそうじゃぞ。ほれ」

フィーが蟹の足を一本もいで器用に殻を取ってくれた。ホクホクの身が出てきたよ。それにしても大きいね！

「折角《せっかく》だし食べていこうか？」

「「「「さんせーい！」」」」

というわけで、このまま捨てていくのも勿体ないから食べていくことにした。

「ンゴッンゴッ♪」

「ラクもこれは食べられるんだね」

驚いたことにラクも蟹は美味しそうに食べていたよ。

「これは身も柔らかいし、普通の肉とも違うからのう。ラクでも好みの味になったのだろう」

なるほどね。それにしてもいい感じで身もプリプリしていて美味しい。しかも焼けてすぐだからね。何かとても贅沢な気分になってきた。

「ほれ、カニ味噌も付けて食うとより美味ぞよ」

カニ味噌って、蟹の内臓らしくて最初はためらいもあったけど言われて食べてみたらこれが本当に美味しかった。

「これは本当に美味しいね。今度は食材として持ち帰りたいかも」

「ふむ、ならば主の魔法で探知してはどうかのう？　今度こそ妾は加減してみせよう」

フィーがそう言うから、僕も砂感知を試してみた。塩でも砂扱いだからそれも可能だった。

そして近くに二匹、サンドジャイアントクラブがいることがわかった。

「砂魔法・塩砂欠泉！」

砂が吹き上がり砂中に隠れていた蟹が宙を舞い落ちてきた。

「あんなに巨大な蟹が……」

「ふむ、主も十分規格外だと思うがのう妾は」

な、何か凄い言われようかも。ちなみに蟹は引っくり返ると動けないらしく、あとはアインの槍とメルの光魔法で最小限のダメージで狩ることが出来た。

「大量でしたな主殿！」

「ふふ、蟹か〜に〜♪」

メルは随分と蟹がお気に入りのようだ。鼻歌を口ずさみながら塩の砂と蟹を持ち帰る。

ただ、これだけの大きさでしかも蟹が旨いというのは砂漠の魔物や魔獣も良く知っているらしい。

だからか凄く狙われた。アインやメルも頑張ってくれたし、大量に巨大な芋虫みたいのが現れた時にはフィーが魔法で一掃もしてくれたけど、結構大変だよ。

「う～ん、喉が潤いますぅ」

「ンゴォ」

途中でラクの瘤からメルやアインが水分を補給した。メルはアインほどは喉が渇かないらしいけど全くというわけじゃないからね。

「でもこれだけの量を持って帰るのはやっぱり結構大変だね」

イシスが波に乗せて移動してきた蟹と塩を見ながら言った。塩はそのまま波として利用したりゴーレム化して運んではいるけどね。

「そうだね。こんな時に妹がいたら魔法でさくっと収納出来たかもなぁ」

ふと、モルジアのことを思い出した。モルジアは空間魔法が得意だったんだ。

「え？　ホルスに妹がいたの？」

「うん。可愛い妹だったよ」

イシスの問いに答える。そういえば話してなかったかもね。

「ふむ、そういえば主の家族については聞いたことがなかったのう」

「私も～」

「うむ、失礼ながら我も興味があります！」

なんか急に皆が興味津々な顔を見せた。う～ん、丁度小休止中だしね。

だから僕は一通り帝国での生活や追放されたことを教えてあげた。

「ふむ、やはり人とは愚かな種よのう。これほどまでの力を宿し主を国から追い出すとは」

「全くです。見る目がないにもほどがありますぞ」

フィーが呆れ顔を見せ、アインは僕のために怒ってくれた。

「う～ん、でもそれでも主様の家族なんですよねぇ～？　不思議ですねえ全く似てる気がしません」

そしてメルは話を聞いて僕と他の兄では性格が違いすぎると思ったようだ。確かに僕の考え方は帝国とも合ってないように思えた。

僕は侵略なんてしたくないし帝国のやり方にも疑問を持っていたからね。だけど兄達はそうでなかったしちょっとでも戦いがあれば張り切って誰が行くか口論になるほどだった。

ただ、あまり記憶にはないけど、僕を生んでくれた母は争いを好まない優しい人だったと聞いたことがある。もしそれが本当なら僕は母の血が濃く出ているのかも知れない。

「ホルスの話を聞いていると、家族から酷い仕打ちを受けたみたいだけど、妹さんは違ったんだね」

イシスが優しく微笑んで問いかけてきた。

「うん。モルジアだけは僕を慕ってくれたし、唯一砂魔法を凄いと褒めてくれたんだ。だから妹だけは気がかりではあるんだけどね――」

モルジアはツインテールのよく似合うパッチリとした瞳の可愛らしい妹だった。

今、どうしているかな。僕の砂属性と違って空間属性は非常に役立つし、酷いことにはなってないと思うけど。

ただ、妹も気持ちの優しい女の子だったからね。

多分僕と同じで帝国の気風にはあってないと思うんだけど。

「ホルス、どうかした？」

「あ、うん。話していたら妹のモルジアのことを思い出してしまってね」

「ふむ、主の妹か。気になると言えば気になるが一抹の不安を覚えるのう」

フィーがそんなことを言ったけど、不安って一体何がだろう？

さて、途中の魔物や魔獣に対処しながらやっと城まで戻ってこれた。

「アリ～アリ～」

「アギィ！」

戻るとハニーアントとアイアンアントも出迎えてくれたよ。蟻達は定期的に珪砂や砂金、砂鉄を運び込んでくれている。

砂金についてはフィーが何かあった時のために側に置いておいた方がいいというから、お言葉に甘えて運ばせてもらった。

使い道に関しては僕の中ではちょっと今は思いつかないけどね。

「蟻達もいっぱいで大分ここも賑やかになってきたね」

「ンゴッンゴッ！」

イシスも僕と似た感情を持ったようだ。ラクも頷いている。

「はは、ここまで交流が盛んになれたのも偏《ひとえ》に主殿のおかげですな」

「はい。偉大なる主様に感謝を！」

アインとメルも喜んでくれている。メルがぴょんっと弾むとお胸が……。

「どこを見ておるのじゃ主よ？　ん？　ん？」

するとフィーが僕の背中に柔らかいものを当てながらそんなことを聞いてきた。か、感触が！

「フィー！　あ、当たってますよ！」

「当てておるのだぞ小娘」

そんな会話をするイシスとフィーをよそに僕は二人から離れた。

ふう、そう言えばメルの着ているのは僕が魔法で作った砂のローブだ。でも、可能ならもっとちゃんとしたのをいずれ着せてあげたいよね。それにいずれは皆の着替えについても考えないとね……。

「アギィ！　アギィ！」

「アギギィ～」

僕達が歓談していると、慌てた様子のアイアンアントがこちらに近づいてきた。

「ふむ、あれは周辺の調査を任せた斥候《せっこう》達ですな」

周辺の調査……アインはそんなこともしてくれていたんだね。

そして蟻達がやって来てアインに何かを訴えていた。

「アギィ！　アギギィ！」

「アギッ！　アギッ！」

「なんだって！」

すると蟻の報告を聞いたアインが表情を変えた。どこか緊迫感を覚える。

「何かあったの？」

「それが、蟻達によるとここから南西に進んだ先で少女を一人見つけたというのです」

「少女？」

砂漠に少女……イシスを見つけた時のことを思い出すよ。そして問い返した僕にアインが答えてくれた。

「はい。彼らによると少女は砂漠の途中で倒れてしまい動かなくなったところをゴブリンサンドに枷を嵌められて攫《さら》われてしまったと……」

「え！　ゴブリンに!?」

それは大変だよ。どうやら砂漠のゴブリンはゴブリンサンドというらしいけど、多分イシスを襲っていたのと同じ奴らだよね。

「ふむ、それでその女というのはどんな姿なのだ？」

フィーが続けて聞く。そして僕は何故か妙な胸騒ぎを覚えていた。

「うむ、兵によると髪の毛を左右で縛って纏めたような若い少女とのことだった。目もパッチリとしていて宝石のようだったと」

え？　まさかそれってモルジアじゃないよね……？

特徴は似ている。それだけじゃなんとも言えないけど――。

「アギィ〜」

「おお！　主殿。どうやら蟻達はこのような物も現場で拾ったようですぞ」

アインが僕に手渡してくれたのは、砂で出来た小さな花の模型だった。そう、これは――。

「そんな、これがあるってことは、やっぱりモルジアが！」

僕が思わず叫ぶと、聞いていたイシスが驚いて声を上げた。

「モルジアって……ホルスが言っていた妹さん？」

イシスが不安そうな顔を見せている。僕もアインの言葉を反芻し考えた。

「そうだ……特徴も該当するし、落ちていたこれは僕が昔、魔法で作成した花だよ。まだ小さかったモルジアにあげたんだけど……」

まさかまだ持っていたなんて驚きだけど、これはモルジアにしか渡してない。

「それに教えてもらった場所からして西側から来た可能性が高いと思う。そこは僕が追放された帝国のある方だ。ほぼ間違いないと思うよ……」

「ンゴゥ！　ンゴォオォォオォ！」

ラクがぴょんぴょん跳ねながら右往左往した。妹の危機をラクも心配してくれているんだ。

「なんとそれならばすぐにでも助けにいかねばなりません！」

「でもアイン。連れて行かれた場所はわかるの？」

真剣な顔のアインにメルが聞く。

そ、そうだ。距離にもよるけど、既に連れて行かれたなら、いや僕には砂感知がある、それなら、ただ感知範囲内にまだいるかどうか――。

「大丈夫です。兵の一匹を尾行に回しているので、我が兵は追跡も巧みにこなし、移動した後は匂いで追えますぞ！」

「凄い！　流石だよアイン！」

「な、なんと王にお褒めに預かれるとは光栄の極み！」

お礼を言うのはこっちの方だよ。ゴブリンに攫われたのが妹なら僕はすぐにでも助けにいかないといけない！

「ふむ、主よ前のめりになるのは良いが、少し気になるのう。そのゴブリンサンドは何やら枷を嵌めていたのであろう？」

フィーが怪訝そうに尋ねてきた。

「それがどうかしたの？」

「ゴブリンサンドというのは狡猾《こうかつ》ゆえ、ある程度罠や武器を利用することもあるが、それでも枷を嵌めて連れ去るということは聞いたことがないのでのう」

フィーが不可解そうに言う。確かに帝国にいたゴブリンにしても枷を嵌めるなんて話は聞いたことないかも。

「そういえば兵は枷を嵌めたゴブリンサンドは体格も大きかったと言ってますな」

「体格か、それはもしかしたらホブゴブリンサンドかもしれんのう」

ホブ……聞いたことがある。ゴブリンの亜種で人の子ども程度のサイズしかないゴブリンと違って体も大きくパワーもある手強い魔物だって。

「ホブゴブリンサンドがいて枷も利用する。これはもしかしたら普通に出てくるゴブリンサンドよりも気をつけないといかんかもしれんのう主よ」

「だとしても妹は放ってはおけない！」

「ふむ、それはそうであろう。急ぐに越したことはないであろうな。ただ、主よ油断はせぬようにな」

うん、フィーは僕を心配して言ってくれているようだね。

でも、確かにモルジアは大事だけど、慌てて何も考えずに飛び込んでいって逆に捕まっては意味がないし……ここは急ぎつつ慎重にだね。

「とにかく主殿、兵に案内させますので先ずは後を追いましょう！」

「うん。そうだね！」

そして僕たちはモルジアを助けるためにアイアンアントに攫われた場所まで案内してもらったんだ——。

◇◆◇

「ここでモルジアが……」

蟻達の案内で、モルジアが攫われたという場所に辿り着いた。

「ホルス……」

僕が呟くと心配そうにイシスも声を絞り出した。いけない、僕がこんなことじゃ余計な不安を皆に与えてしまう。

「大丈夫だよ妹は空間魔法が使えるし、会うことが出来ればなんとかなる！」

そうだここで僕が弱音を吐いてちゃダメなんだ。僕の家族のことでもある。僕がしっかりしないと！

「ふふ、やはり主はいざという時に頼りになる男よのう。まさに王の器を有し逸材ぞ。ふふ、やはりお主ならファラオにも……」

うん？　何かフィーが言ってるね。最後の方の言葉がよく聞き取れなかったけど、とにかく今はモルジアを助けることに集中しないと。

「主殿！　追尾している兵の跡は追えそうですぞ！」

「うん。なら急ごう！」

僕たちは蟻の跡を追った。ちなみに今回は流石にラクには留守番してもらっている。寂しがっていたけどちゃんと話してあげたら納得してくれたよ。

だから追跡しているメンバーは僕とフィーとアイン、そしてメルとイシスだ。イシスも戦闘は難しいけど生命魔法があるから役立てると言ってくれた。

もし、妹に怪我でもあった時には助けを借りることになると思う。でも何より相手はゴブリン……いや、駄目だ余計なことを考えちゃ！

とにかくアイアンアントの案内に沿って移動する。

「カァアァアァアァアァア！」

途中、一匹のカラスに襲われた。オオサバクガラスという名称らしい。獰猛で人でも動物でも植物でもなんでも食べるんだとか。灰色の毛をしていて飛び回りながら執拗にこっちを狙ってきている。

「砂魔法・砂鉄槍！」

「ギェエエェエエェエエェエエ！」

「おお一撃で！」

「ふむ、冷静に見えてもやはり怒りは秘めておるようだのう」

アインが感嘆して、フィーは納得したように顎を引く。彼女の言うように頭では冷静でいるつもりだけど、妹が心配でたまらないのは事実だ。

だからこんなところでカラスと遊んでいる場合じゃない。

そして僕たちは南西の方角へ移動し、そこに密集した岩山地帯を見つけた。ゴツゴツとした高さの違う岩山が立ち並んでいる。

「アギィ――」

「主殿。あの岩山の中まで兵は尾行していったようですぞ」

つまりゴブリンサンドはあの岩山を住処にしているってことだね。

「ゴブリンサンドはジメッとしたところを好む上、ここは砂漠。あの岩山のどこかに塒《ねぐら》に最適な洞窟があるのかもしれんのう」

フィーがそう教えてくれた。それから暫く進むと尾行してくれていた蟻と合流することが出来た。

「ありがとう助かったよ」

「アギィ♪」

アイアンアントの頭を撫でると何か凄く嬉しそうにしていた。

「むぅ、主殿に撫でられるとはなんとも羨ましい」

「え？　アインも撫でて欲しいの？」

「なんと宜しいのですか！」

えっと、こんな時になんだけど冗談で言ったつもりだったんだけどね……見た目は精悍《せいかん》な騎士といったアインだし、僕が撫でるのも違和感があるような。

でも、凄く期待に満ちた目をされてしまった。

「う、うん。この戦いが終わったらね」

「おお！　このアイン！　この戦いが終わったら主殿に撫でてもらうため、粉骨砕身《ふんこつさいしん》頑張りますぞ！」

「わ、私もいいですか主様？」

ギュッと拳を握りしめてメルも撫でて欲しいと言いだした。メルの場合あまり違和感はないし、いいよと伝えたら喜んでくれた。

「あ、あの、あの、あの」

「え？　どうしたのイシス？」

イシスも何かいいたげだったけど、顔が赤くなってそれ以上何も言ってこなかったよ。

もしかして調子が悪いとか？

「妾は撫でるほうがいいのう。もっと先まででも良いがのう」

「何言ってるのよフィー！」

「ふん、撫でてもらうのもためらう小娘に文句を言う資格などないと思うがのう？」

「う、うぅぅぅう！」

何かまたフィーとイシスが言い争いを始めたような。でも、普段は仲良さげだから喧嘩するほど仲がいいということなんだろうね。

さて、それよりも此処から先が大事だ。尾行してくれたアイアンアントに着いていき、先に進むと、細長く伸びた岩の上に弓を持ったゴブリンが立っていた。

周囲を警戒しているみたいだ。柱のようになった岩は三本あってそれぞれにゴブリンサンドが二匹ずつ立っている。

「主よ。砂漠で生まれ育ったゴブリンサンドはあれで結構タフであるぞ。油断しないことよのう」

どうやらゴブリンサンドは帝国で見たようなゴブリンよりも手強い可能性が高いらしい。

「私にお任せを主様」

するとメルが前に出て僕の許可を求めてきた。

「うん、それならお願いしてもも？」

「お任せを！　光魔法・指閃《しせん》！」

メルの指先に光が集まりゴブリンサンドに向けて放たれた。ゴブリンサンドが二匹前後に重なった瞬間を狙ったらしく光が貫通し二匹まとめて落ちていく。

やるねメル！　それを見ていたゴブリンサンドが慌てだすけど今度は僕の砂の槍で貫いた。

「フンッ」

そしてフィーが腕を振ると岩の柱が切断されて残りのゴブリンサンドがまとめて落ちていき潰された。えっと。

「ふふ、どうじゃ主よ？」

「え？　う、うん、凄いと思うけど……」

得意になってフィーが感想を聞いてきた。確かに凄い威力だけど……。

「少々派手すぎではあるまいか？」

「そうかのう？」

アインの指摘にフィーが小首を傾げる。

「ギギィ！」

「ウギギギィ！」

「グギェ！」

すると、柱の崩れる音でゴブリンサンドが集まってきたよ……。

「だから派手すぎると言ったのですぞ！」

「仕方ないであろうやってしもうたものは」

敵を集めてしまったことでアインがキツめの言葉をフィーに浴びせた。わらわらとゴブリンサンドが近づいてきた。数は結構多いけど、ここを乗り越えないとモルジアを助けられない！

「とにかく、全員倒そう！」

「うむ、それがわかりやすいであろう主よ」

「我にお任せを！」

僕が皆に戦闘を促すと、フィーが派手な爆発を起こして大半のゴブリンサンドが消し炭になった。

「ふん。他愛もない」

「じゃなくてやりすぎぃいいいい！」

イシスが叫んだ。僕の気持ちの代弁者だ。イシスがフィーにちょっとガミガミ言ってる。フィーはツーンとしているけど全く話を聞いてないわけでもなさそうなんだよね。

とにかく爆発で死ななかった残りのゴブリンサンドを僕達が相手する。更に爆発を聞いてやってきた援軍らしきものが増えた。

「砂魔法・砂閃《すなせん》！」

これは砂を切れ味鋭くさせ一閃する魔法。一撃で数体のゴブリンサンドが切り株みたいになった。

「ハァァァァァァァァァァァア！」

アインは槍で突きを連打している。穴だらけになったゴブリンサンドが次々と倒れていくよ。

「光魔法・光弓！」

メルは光の弓矢で残ったゴブリンを射抜いていった。これでやって来たゴブリンは全て倒せた。

「何だ楽勝であるな」

「爆発のおかげか、追加でゴブリンサンドがやって来ましたがなんとかなりましたな」

フィーがふふんっと得意になっているところにアインも顎を擦りながら、一言付け加えていた。

「何じゃ、妾のせいで手間が増えたと言いたいのかえ？」

「い、いえそのようなことは。あ、主殿！　いや流石でしたな！」

あ、フィーの問い詰めを恐れて僕に話を振ってきたよ。やっぱりアイアンアントの王でも神獣のフィーは怖いんだね。

「アインの言っていることも一理ありますよ。フィーはもう少し慎重になった方がいいと思います」

「ほう？　言うではないか小娘」

イシスがフィーをたしなめていた。そう言えば僕たちの中でフィーに強く出れるのってイシスだけな気がするよ。

「小娘小娘と、私にはイシスという名前があるんですからね」

「小娘は小娘であろう?」

「二人共喧嘩は駄目ですよぉ」

言い合うイシスとフィーを見ていたメルが慌てて仲裁に入った。アインが僕に近づいてきて囁く。

「あの二人仲が悪いんですかな?」

「う〜ん、僕は逆な気がしないでもないいんだけどね」

アインがそうなの? という目をしているけど、フィーは別にイシスを嫌ってる感じはしないというか、小癪《こしゃく》なとか口では言ってるけどやり取りそのものは楽しんでそうだもの。

さて、僕は砂感知を行使して周囲の状況を確認。ゴブリンサンドが残っているようには見えない。

再び蟻についていく。険阻な道を越えていくと正面に切り立った崖と洞窟が見えた。

「あそこに連れて行かれたのだな?」

アインが問うと、こくんっと蟻が頷いた。フィーの睨んだ通り洞窟に潜んでるようだよ。

そして僕たちが洞窟を見ていると中から屈強なゴブリンサンド……あれはホブゴブリンか。

いや、砂漠に住むし肌の色も違うから正式にはホブゴブリンサンドと言うべきなのかな?

　とにかく屈強なゴブリンサンドは体に金属板を組み合わせて作った鎧や血濡れた斧や大剣を手にしていた。

　どこで手に入れたのかな？　やっぱり元は人のなんだろうか？

　ちょっと使い古した感じもあるし、サイズもあってるように見えない。だけど、それでもパワーは凄そうだ。

「面倒であるのう。ぶっ飛ばすとするかのう」

「ちょ、ちょっと待ってフィー。今回は見ていてもらっていい？」

「主がそう言うなら従うがのう。つまらんのう」

　不満そうだったけど彼女には大人しくしてもらうことにした。フィーは強いんだけど自重を知らない。

　洞窟の中に妹が囚われているし、派手な魔法で崩落したらちょっと洒落にならないからね。

「全部で三体だね」

「私が一体やります！」

「なら我がもう一体を」

「じゃあ僕が残りの一体だね」

　三人で頷きあい岩の陰から出ていく。

「「「ゴルォオオォオォオ！」」」

三体のホブゴブリンサンドが雄叫びを上げた。僕たちに気がついたんだ。

「喚《わめ》くなウドの大木が！」

アインが近づき槍を放つ、明らかにリーチの外だったのにホブゴブリンが呻きよろめいた。魔法が扱えない冒険者や騎士は魔力を直接利用した魔闘技というものが使える。今のアインの技はそれに近いと思う。

「光魔法・操光球《そうこうきゅう》！」

メルは魔法で光の球体を幾つも生み出した。メルの意思で自由に動く球みたいで、ホブゴブリンサンドを翻弄《ほんろう》しながらぶつけてダメージを蓄積《ちくせき》させている。

「グォオォオォオ！」

「砂魔法・砂盾！」

「グォ？」

そして僕だ。目の前で斧を振ってきたけど砂の盾でガードだ！

「砂魔法・鉄砂縛――」

盾に弾かれた相手を砂鉄で縛め、そして締める力を強めた。動けなくなったところに砂鉄を利用した鉄砂閃で首を刎《は》ねる。

「こっちは終わったよ」

アインとメルを振り返ると二人もそれぞれの相手を倒したところだった。良かったホブゴブリンサンドでも問題ないね。

「主は勿論だが、二人も中々やるではないか」

「主殿に名前を付けて頂いたおかげです！」

「うん、私も元々は魔法は使えなかったけど名前を貰って使えるようになったの」

そう言って二人が喜ぶ。名前を付けただけでここまでのことになるとは僕も思ってなかったんだけどね。

とは言えこれでやってきたホブゴブリンサンドは倒した。尾行してくれた蟻には一旦近くで待機してもらっておいて、僕たちはいよいよ洞窟の中に入る。

「光魔法・光明《こうみょう》――」

洞窟の中は薄暗かったけど、メルが光魔法で周囲を照らしてくれたから助かったよ。

洞窟の中でもゴブリンサンドと遭遇したけど全て先頭を歩くアインが槍で片付けてくれた。

そして、いよいよゴブリンサンドが大量に控えている大広間っぽいところまできたんだけど、そこにいたんだ――枷を嵌められた妹のモルジアが。

ゴブリンが大量にいる中でゴロンっと横にされている。

今は気を失っているみたいだけど、見たところまだ何もされてないみたいだ。着衣に乱れはないし怪我もなさそうだね。よ、良かった。とりあえずは安心だよ。

そしてその隣りには杖をもって骸骨《がいこつ》を帽子のように被ったゴブリンサンドがいた。外套も纏

ってていてまるで魔法使いだ。

そしてそれよりも驚きなのはホブゴブリンサンドよりも更に大きなゴブリンサンドが控えていること。あれは、一体？

「あのゴブリンサンド、まさかゴブリンサンドキングでは？」

ふと、アインが思い出したように口にする。

サンドとはついているけど、それはつまり帝国でも稀に姿を見せたというゴブリンキングと一緒なのかもしれない。

だとしたら、厄介だ。ゴブリンキングはゴブリンを統率し周囲にいるゴブリンを強化して戦わせる。

その上、ゴブリンキング自身も半端なく強く、帝国でも魔法師団を送り込むほどの相手だったと聞くよ！

「ふむ、いや。あれはゴブリンサンドキングではないのう。ゴブリンサンドシャーマンとゴブリンサンドジャイアントであるぞ」

だけど、それはフィーによって否定された。よ、よかった王種《おうしゅ》ではなかったんだね。

「そもそもゴブリンサンドキングであったなら、規模はもっと大きくなるからのう」

そうなんだ。僕は話に聞いていただけで見たことはなかったからね。

「とは言え、あれはあれでそれなりに手強いぞ。シャーマンはゴブリンサンドの分際で魔法を使い、ジャイアントは見た目通り頭は悪いが怪力だ」

フィーが説明してくれた。キングではないとは言え、油断ならない相手ではあるようだ。僕も砂だけじゃなく砂鉄や砂金も持ち込んでいるけど砂のストックには気をつけないとね。

「まぁ、しかしのう。お主には妾がおる。安心せいすぐにでも滅殺してくれようぞ」

「「「………」」」

「ん？　どうしたのかのう？　急に黙りおってからに？」

僕たちの無言の訴えにフィーも気づいてくれたようだ。

「その、フィー。一体どうするつもり？」

「うむ。そうであるのう。先ずあのジャイアントとシャーマンのいる場所を派手に爆破してよのう」

「却下！」

僕が言う前にイシスが言ってくれたよ。

「何だ小娘不満なのか？」

「当たり前です！　あそこにはホルスの妹さんがいるのですよ！　そんな派手な爆発を起こしたら巻き込まれるよ！」

「う、うむ。そうか。ならば妾が派手な竜巻を引き起こし全員吹き飛ばす――ゴブリンサンドは死ぬ。それでどうじゃ？」

「だ・か・ら、それだと妹さんも巻き込まれるよね！」

い、イシスの語気が強まって迫力も増してきているよ〜。い、イシスってこんなに怖かったんだ……。

「その、フィー様はもっと威力を抑えたような魔法はないのですかな？」

「うんうん。風の刃を飛ばすとか、火の玉で攻撃とか」

アインとメルが聞いた。確かにもう少し弱い魔法の方がいいかなと思う。

「出来るぞ」

フィーが答えた。あ、何だ出来るんだ。それならそれで。

「ふむ、ならば風の刃で洞窟ごと切断するか火球で辺り一帯を火の海に変えるかどれがいいかのう？」

「違うフィーそうじゃない」

「わざと言ってるんですか？」

僕とイシスがほぼ同時に突っ込んだよ。フィーは小首を傾げているけど明らかに過剰戦力だ。

「フィー様もう少し手加減を……」

「そう言われてものう。妾加減などしたことないのぞえ」

「もう、フィーには黙っててもらいましょう」

イシスがスパッと言い切った。フィーは眉を顰《ひそ》めているけど、ここは控えてもらった方が正解かなぁ。

「この妾に黙っていろというつもりか小娘？」

「黙っていないと妹さんが無事では帰れません。折角怪我もなさそうで見つけているのに」

フィーは若干得心がいってなさそうではある。こうなったら。

「フィーにはいざという時のための秘密兵器として控えていて欲しいんだ。凄く頼りにしているからこそ大事なフィーを温存したい」

そう僕から説明する。これで納得してくれるかなと思ったら、満面の笑みで僕を抱きしめてきた。

「うふふ、主は妾を買ってくれておるのか。嬉しいのう可愛いのう。このまま食べてしまいたいぐらいであるぞよ」

「ええええええ!?」

「ちょ、もうフィーってば離れなさい！」

イシスがフィーを引っ張って離してくれた。す、凄くいい匂いでクラクラしそうだったよ。

「と、とにかく僕達の第一優先は妹の救出だ。その上でゴブリンサンド達も殲滅《せんめつ》しよう」

ゴブリンは数が増えると後々厄介になる。それはゴブリンサンドでも一緒の筈だ。モルジアを助けるのは勿論だけどこのまま放置してはおけない。

そうと決まれば、僕は先ず手持ちの砂でゴーレムを生み出した。これで先ずゴブリンサンドだからゴブリンのアジトにはお宝が眠っていることもあるという。ゴブリンサンドもきっと特徴は一緒だろう。

「グギャッ！」

「グギャギャギャッ！」

僕の作ったゴーレムの登場にゴブリンサンドが色めきたった。シャーマンが立ち上がり、ゴブリンたちに命じている。ゴーレムを排除しろとでも言っているのだろう。それに案の定砂金で出来たゴーレムにも反応を示していた。

よし！　ここからだ。僕は砂魔法で鏡を作ってそれを纏って移動した。鏡に周囲の景色を写させて気付かれないように移動させる作戦だ。ゴブリンサンドが写ったとしても、特殊な個体を除けば見た目はどれも一緒だからごまかせる筈。

よし、順調に近づけた。目の前にモルジアの姿。可哀想に。怖かったろうな。今、助けるからね。

「グギャッ！」

の群れを撹乱《かくらん》する。それでゴブリンサンドの意識がゴーレムに移った隙に妹を助けるんだ！

「いけ、ゴーレム部隊！」

僕の指示に合わせて砂と砂鉄と砂金のゴーレムが動き出した。砂金も持ってきていたのはゴブリンは光るものに惹きつけられる習性もあるからだ。

だけど、モルジアに近づいたところでシャーマンが叫び、鏡が割られた。魔法で攻撃されたようだ。つまり気づかれた。そしてゴブリンサンドジャイアントが動き出し、手に持った骨製の斧みたいなのを振り下ろしてきた。

「砂魔法・砂鉄盾！」

だけど僕はそれを砂鉄の盾でガード。巨大なゴブリンは攻撃が受け止められ、怪訝《けげん》な顔を見せた。

「砂魔法・砂鉄槍！」

砂鉄の槍を合計四十八本生み出した。相手は巨大だ。妹のこともある。こっちも手加減なしで行くべきだろう。

「グギャッ！」

ゴブリンシャーマンの叫ぶ声が聞こえた。シャーマンを相手しているわけじゃないのになんだろう？

「ふむ、シャーマンも思わず驚くほどか。大したものよのう」

何かフィーが言っているね。とにかく、僕は作成した四十八本の砂鉄の槍をジャイアントに向けて発射した。

だけど相手は巨大だ。きっと恐ろしくタフだと思うしこれでも牽制程度にしかならないだろう。だけど少しでも怯んでくれたら御の字だ。僕はモルジアを砂に乗せて波に乗って一旦退く。

「ゴガァアアアアァァアアアアア！」

ゴブリンサンドジャイアントの怒りの咆哮が聞こえてきた。やっぱり四十八本の砂鉄の槍程度じゃ逆に怒らせてしまっただろうか。

「ごめん、相手に見つかってただ怒らせただけかも！」

「やれやれ、妾のことを言ってられんよのう主も」

「え？」

「凄いです流石主殿！」

な、なんだろう？　やけに持ち上げられているけど……僕は怒り狂っているであろうゴブリンサンドジャイアントを振り返る。するとゴブリンサンドジャイアントが地面に倒れ込み派手な轟音が鳴り響き洞窟が揺れた。

「あれ？」

僕の予想ではてっきりゴブリンサンドジャイアントが怒って荒れ狂っているかと思ったのだけど、どうやらもう倒れて動かないらしい。

「あ、フィーが援護してくれたんだね！　ありがとうフィー！」

「ふ、あははははは。全く面白い冗談をいいよるのう」

フィーが笑ってくれた。やっぱり援護してくれたのかもしれない。

さて、とにかく今はモルジアだ！

「イシス、妹を見てもらっても？」

「あ、はい！　えっと、これ、もしかして毒？」

「え？　毒!?」

　毒と聞いて僕は正直焦った。まさかあのゴブリンが？　もし妹のモルジアに何かあったら絶対に許せない！

「あ、でも強い毒ではないよ。意識は薄いけど、毒に抵抗するため自然と意識を途絶えさせているだけだし、生命魔法で抵抗力を上げてあげれば治る筈だよ！」

　イシスが僕を安心させるように力強い目で教えてくれた。そしてイシスの言うことなら僕は信じられる。

「なら、モルジアはイシスに任せるね。あとは、残りのゴブリンサンドだよ皆」

　僕が皆にそう言った直後、ゴブリンシャーマンが杖を振り上げ、魔力の粒子が洞窟内に広がっていく。

「何かしたようですな」

「うん。この感じ、おそらくは強化魔法だ」

　しかも残ったゴブリンサンドやホブゴブリンサンド全員に掛けているっぽいよ。

　そして強化されたゴブリンサンドやホブゴブリンサンドがゴーレム達を押し始めた。

「むぅ、これは気合いを入れねばなりませんな！」

「私、頑張ります！」

アインとメルもやる気になってくれているよ。うん、皆で頑張って協力してここは乗り切らないとね。

「……待つがよい」

だけど、そこでフィーの待ったの声が掛かった。ふふ、と何か企んでそうな笑みをその顔に浮かべていた。

「どうしたのフィー？」

「主よ。ここは一つ思い切りやってみたらどうだ？」

フィーが不思議なことを言ってきた。思い切りって？

「主はおそらくこれまで自然と魔法を制御してきて思い切りやったことがないのであろう？ だがのう、折角妹が助かり気兼ねなく魔法が使える状況であるのだぞ。ここは一つあのゴブリンサンド共を全て殲滅するぐらいの気構えでやってみたらどうかのう？」

僕が制御？ 確かに魔法には集中と制御が必要だ。だけど、このゴブリンを全滅するほどの力は難しいような？ それに……。

「フィーそれには砂が足りないよ。僕の持ちこんだ砂だけじゃ厳しいと思う」

「心配は無用であるぞ。よく考えてみよ。ここは広大な砂漠。その砂漠に出来た岩山とて、元を辿れば砂。つまり、この洞窟全体は主の魔法の及ぶ範囲となる筈であろう？」

え？　ここの全てが砂？

そう、なのかな？

「えっと……」

ちょっと試しに魔法で干渉してみる。岩場と思っていた洞窟が波を打つように動いた。本当だ、魔法の効果が及ぶよ！

「わかったであろう？　だから遠慮はいらん。なに討ち漏らしたら皆が助けてくれようぞ」

「うむ！　主殿のために死力を尽くしましょう！」

「私も魔法で援護する！」

アイン、それにメルも……うん！　なら試してみるよ！

「「「「「「ギャオオォオォォオォオォオオオ」」」」」」

いよいよゴブリンサンドの群れが鬨《とき》の声を上げてこっちに向かってきた。

だから僕も意識を集中させて、全てのゴブリンを殲滅する気持ちで――。

「砂魔法・砂瀑布《さばくふ》！」

魔法を発動！　すると天井の岩が砂となり滝のように全てのゴブリンサンドに向けて降り注いだ。

大量の砂の滝――それに押し潰され、魔法を行使し終えた後は、その場に立っているゴブリンサンドはいなかった。ゴブリンサンドシャーマンすらも息絶えている。

「ふふ、やはりのう。主がちょっと本気出せばこの程度造作もないということだ」

「す、凄いよホルス！　ゴブリンサンドを全部倒しちゃった！」

フィーがさも当然みたいに僕の魔法を褒めてくれた。イシスも倒れるゴブリンサンドの群れに目を丸くさせている。

「流石は主殿です！　これだけのゴブリンサンドやホブゴブリンサンドをたったの一撃で！」

「ゴブリンサンドシャーマンも一発だったね！　凄いです主様！」

アインとメルからも褒めちぎられて何か凄く心がくすぐったい思いだよ！

でも、確かにここまで威力が出るとは思わなかった。これもフィーのおかげかな。フィーの助言がなかったらこの岩山も砂の一部だとは気づけなかったもの。

勿論他の皆の助けもあってこそだけどね。イシスがいなかったら妹の毒も治せなかったし――。

「う、うぅうん」

その時、妹のモルジアが呻き声を上げた。良かった、目が覚めそうだよ！

「あ、あれ、ここは？」

「良かったモルジア！　気がついたんだね！」

「え？　この声？」

目を覚まし、暫く目がトロンっとしていて状況が摑めていなかった様子の妹だったけど、僕が声を掛けるとハッとした顔になって僕を見てくれたよ。

「お、お兄様？」

「うん。僕だよモルジア」

「あ、あ、うそ、お兄様、お兄様ですの――――！」

「わわっ！」

意識を取り戻して、僕に気がついたモルジアが飛びついてきて強く抱きしめてきた。枷は付いていたけど鎖にちょっと余裕があるから問題ないね。

でも、ちょ、ちょっと照れるかな。だけど涙も流しているし、よっぽど怖かったんだろうね。

「もう大丈夫だよモルジア」

「うぅ、良かったですね」

僕が妹の頭を撫でているとイシスも涙声になっていた。一緒に喜んでくれているみたいだ。

イシスはやっぱり優しい子だね。

「全く小娘は呑気であるのう。そんな悠長なことを言っていて良いのか？」

「折角の兄妹の再会ですよ。フィーこそ何を言ってるんですか？」

「甘い女よのう。妹でも女であるぞ」

「もう、何を言って――」

「えへへ、お兄様～やっと会えたですの～お兄様の匂い、すんすん、あぁ、凄く落ち着くお兄様の匂いですの～お兄様～」

「ちょ、モルジア、もうしょうがないなぁ」

泣いていたと思ったらすぐに機嫌が良くなって、僕の匂いを嗅いできたりしていた。モルジアは昔から甘えん坊でちょっとスキンシップが過多なところはあったけどね。

「ふむ、人の兄妹というのはなんとも触れ合いが激しいのですな」

「匂いを嗅ぐって求愛行動ならよくあるんだけどねぇ～」

「………」

何かアインとメルの会話が聞こえてきたけど、人の場合はそうじゃないからね。家族のスキンシップだよ。

「ほれほれ見たことか。油断していると妹に取られてしまうぞよ？」

「そ、そんなわけないじゃないですか。ていうか、取るってなんですか。私は別に……」

「それは良かった。なら妾が気兼ねなく尽くせるし色々と出来るからのう」

な、なんだろう？　よく聞こえないけど、とりあえずイシスの顔から涙が消えたよ。

「もう、そろそろ離れて、ね？　僕も汗臭いし」

「それがたまらないのではありませんか～最高ですの～」

「？」

汗の匂いが？　それとも何か違う意味があるのかなぁ？

「ところでお兄様」

ガバっと顔を上げた後、モルジアが僕に問いかけてきた。

「なんだい？」

「そこの、いかにも男を拐かしそうな褐色の女と、見た目が幼いのに胸が大きいアンバランスなスタイルをしたいかにも男を駄目にしそうな幼女と、大人しそうな顔をしながら虎視眈々《こしたんたん》とお兄様を狙ってそうな油断ならない魔女は一体誰ですの？」

「ほう、この小娘も言うではないか」

「あ、アンバランス？」

「ま、魔女……」

「我もいるのだが？」

「ちょ、モルジア失礼だよ～」

妹のモルジアが訝《いぶか》しそうに三人（何故かアインには興味なさそうなんだけど）を見ていたから僕の仲間であることを説明した。

「そうだったんですの……皆がお兄様のお仲間で、そして私を助けるために――そうとはつゆ知らず失礼なことを言ってしまってごめんなさいですの」

妹が皆に謝った。最初は誰かわからないからつい怪しんじゃったみたいだね。

「僕も兄として謝るよ。本当にごめんなさい。妹のモルジアも悪気はないんだよ」

「そんな！　気にしないで。モルジアちゃんはホルスを心配してのことだもんね」

「ホルス？」

イシスの言動に何故かモルジアの耳がピクリと反応した。

「うむ、主の妹であるし多少の無礼は許してつかわそう」

「主？」

あれ？　また耳がぴくぴく反応しているような？

「でも、主様の妹様だけに凄く可愛いですね！」

「主様？　いや、可愛いと言ってくれたのは嬉しいですの。ですが……」

今度は耳が反応して何か小声で呟いているよ。

「はっはっは、いやいや主殿の妹君はしかし、フィー様に対しても怯むことなく大した肝っ玉ですな」

「主殿……いや、でもこの人は男ですの。でも、お兄様ならもしかして、それはそれで萌えですの……」

「えっと、モルジア？」

何かさっきからブツブツ呟いたりしてて、もしかしてまだ毒の効果が残ってて調子が悪いとか!?

「コホンッ。皆様については理解しましたですの。スフィンクスとか蟻の王と女王とか、確かに普通ならば驚くところですが偉大なお兄様ならそれぐらいおかしくはありませんですの！」

「「「お～」」」

皆が感心しているけど、えっと、何かやっぱり砂漠という特殊な環境のせいか、ちょっと妹が変かなぁ？

「しかし、ここで一つ皆様というよりそこの三人に言っておきたいことがありますの！」

「ふむ、何じゃ小娘弐号」

「いや、弐号って……」

「なんでしょうか？」

モルジアがアイン以外の女の子達を真剣な顔で見た。一体なんだろう？

「お兄様は、私の最愛のお兄様ですの！　誰にもお渡ししませんですの！」

「え？　えぇ！」

モルジアがぎゅっと僕の腕にしがみついてきたよ。枷の鎖とモルジアの腕、固いのと柔らかいのが一緒くたになった奇妙な感覚だ。

それにしても前からこんなに僕に接して来たかなぁ？

いや、でも砂漠で一人彷徨ってきたんだ。僕がどうじゃなくてきっと寂しかったんだね。

「ごめんねモルジア寂しい思いさせて」

「はう、お、お兄様～」

僕が頭を撫でると、更に抱きつく強さが強まったよ。わざわざ祖国を離れてここまでやってきて、僕を頼ってくれたんだ。兄としてしっかりしないとね。

「いやはや、流石は王であるな！　皆からモテモテです！」

「え？　いやいや！　僕はモテてなんていないよ！」

「もう、アインったら嫌だなぁ。モルジアは妹だから、それに砂漠で寂しくて甘えられちゃってるだけだよ」

「「「……はぁ～」」」

あれ？　な、なんだろう？　女の子四人からため息が漏れたような？　気のせいかな。

でも、モルジアは今言ったように妹で家族だし、フィーは格の高い神獣で僕はちょっとからかわれているだけだし、メルは手助けしたことで過大に慕ってくれているけどそれはお礼の気持からみたいだし、イシスは皆に優しいから別に僕が特別ってわけでもないしね。

うん、やっぱり僕がモテるなんてことはないね。アインの勘違いだよ～

「やれやれ、この初心《うぶ》なところも主のいいところではあるのかのう」

「そういう意味では安心ですわ」

フィーとモルジアが大きく息を吐いていた。疲れているのかな？

「……改めて、イシス様にお礼申し上げますの。毒を魔法で癒やしてくれたとのこと、本当にありがとうございますですの。愛しのお兄様に関しては全く妥協するつもりはありませんが、私を救ってくれたことについては大変感謝しておりますわ」

「え、えっと、うん。ホルスの妹さんの助けになれてよかったよ」

「主殿、何かちょっと寒気を覚えたのですが」

「奇遇だね、僕もちょっと寒く感じたかも」

なんだろうね一体。

「それにしてもお兄様には驚きですの。これだけのゴブリンをしかもジャイアントやシャーマンまで一掃されるなんて」

「うむ。しかも砂漠のゴブリンでもあるゴブリンサンドは通常のゴブリンより手強いとされておるからのう。そう考えれば主の力は素晴らしいものよ」

倒れたゴブリンサンドの死体を見ながらフィーがしみじみと語る。僕としてもここまで出来たことは正直驚きだ。

「さて、そういえばモルジアにはもう一つ大事なことがあったね」

「大事なことですの？」

「その枷だよ。外さないとね」

モルジアの手足には枷が嵌められたままだった。ゴブリンサンドがつけたらしいけど、このままというわけにはいかない。

「モルジア、ちょっと枷を地面に置いてみて」

「こうですの？」

「うん、よし砂刃！」

砂を刃にして枷の鎖を先ず切ろうとした。だけど、切れない？

「あれ？　切れないな……」

「主殿！　ここは我にお任せを！」

アインが前に出て槍で鎖を切ろうとしてくれたのだけど。

「お、おかしい、全く切れぬ……」

「今度は私が！」

次はメルが光魔法を駆使してくれたけどやっぱり駄目だった。

「これ、凄く硬いや……」

「そうだ、フィー様であればこれぐらいどうとでもなるのでは？」

アインがフィーを頼るように言った。確かに神獣の彼女なら……。

「いや、おそらく難しいであろうな。小癪なことにこの枷には呪縛の術式が施されておる。魔法の呪具とも言える代物のようだのう」

フィーが片眉をスッと上げながら答えてくれた。

神獣の彼女でも無理って、いったいどれだけの、いやそれよりも！

「呪いって、モルジア大丈夫!?　どこか具合悪くない!?」

「え？　私は大丈夫ですの。それに、お兄様がそこまで心配してくれるなんて」

モルジアの顔が赤い！　やっぱり呪いが！

「主がまた勘違いされてそうであるが、この枷からは肉体を蝕《むしば》むような仕掛けは感じられないのう。直接的にはという意味であるが、下手に破壊などしなければ大丈夫であろう」

下手に破壊しなければ、逆に言えば壊してしまったら何かあったかもしれないということ……さっき壊そうとしたのは軽率な行為だったというわけか。今後は気をつけないと……。

「しかし、妙な話であるな。ゴブリンサンド如きが枷を使うのがそもそもおかしいが、それが呪具とは。これだけの代物《しろもの》あの小物共に手に入れれるような物ではないのであるがのう」

フィーが眉根《まゆね》を寄せて真剣な顔を見せる。そんな姿も綺麗に思うけど、この枷については謎がいっぱいだ。

「……この枷には高度な魔法が施されているんだよね？」

僕が頭を悩ませていると、イシスが改めて呪いがついていることを確認してきた。

「うむ、かなり強力な魔法であるな」

「それなら――私の魔法を試してみてもいいかな？」

イシスが僕にそう聞いてきた。試すって生命魔法を？

「イシスの生命魔法で呪いが解けるの!?」

「えっと、そういうわけじゃなくて、ただ、お願いすればもしかしてと思ったの」

「お願い？」

「はて？　一体誰にですかな？」

僕が疑問に思っていると、アインも一緒になって小首を傾げた。

「少し説明はしづらいんだけど……」

「――わかりましたですの。私の枷はイシス様におまかせしますの！」

すると、モルジアが決意のこもった目でイシスに願い出た。

「うん。そうだね。僕もイシスを信じるよ！」

妹が信じるなら僕が信じない理由がない。ここは彼女の魔法に頼ってみよう。

「うう、お兄様が頼るのは複雑な気持ちですの……」

あれ？　モルジアの左右の髪がしゅんっとなったような？　気のせいかな？

「では、やってみます！」

そしてついにイシスがモルジアの枷に魔法を掛けることとなった。生命魔法の光がモルジアの枷を包み込んでいく。

「何か凄く温かい光ですの」

イシスの魔法にモルジアがホッとした顔を見せた。凄く優しい光だよね。

そして、光が収まっていく。

「えっと、これで多分……」

「どう？　外れる？」

魔法が終わったことを告げるイシス。僕はモルジアに枷がどうなったか聞いてみた。

モルジアが手足の枷を引っ張って外れるか試してみる。

だけど鎖も枷も外れる様子がない。

「……駄目みたいですの」

「魔法でも駄目だったんだね……」

ちょっとガッカリしたようにモルジアが口にし、見ていたメルも残念そうな顔を見せる。

『は、当然だろう？　この俺がそう簡単に外れるかよ』

その時だった。誰かの声が僕の耳に届く。

「あれ？　今の誰？」

「我ではありませんな」

「私でもないよ～」

「私でもありませんのお兄様」

僕が誰にともなく問いかけるも、アインでもメルでも当然妹のモルジアでもなかった。

そしてイシスを見てみると何かを言いたげにしていたわけだけど。

「えっと、そのこれは……」

「ほう、そういうことか。小娘にしては中々面白い魔法を使うのう」

へ？　イシスは言い淀んでいて、フィーは何かに気がついたみたいだ。

『おいおい、俺に意思を持たせておいて何寝ぼけたこと言ってんだよ、このスットコドッコイ！　俺はここにいるだろう！』

そして、気がつく。声がどこから出ているか。皆も気がついたようで、その視線がモルジアの枷に向けられた。

「えっと、もしかしてこの枷が？」

『ケケッそういうことよ！　この呪いの枷である俺がわざわざ語りかけてやってるんだから感謝してほしいぜ！』

「「「「枷が喋った――――――！」」」」

僕たちの声が揃う。それぐらいの衝撃だった。するとイシスが説明をしてくれる。

「その……私の魔法は生命力そのものを付与することも出来て、その対象が強力な魔法を施された道具とか装備品だと、意思を持つことがあるの。それで、試してみたんだけど……」

なるほど。つまりこの枷が喋ったのもイシスの生命魔法の効果ってことなんだね。

『なるほどあんたか、俺に命を吹き込んだのは』

「な、何か私を嵌めてる枷が喋るというのも変な気持ちですの」

モルジアが戸惑っている。枷が喋るんだからそれはねぇ。それにしても、俺と言ってる割に声は女の子っぽくもあるんだよね。高めだし。口調がかなり乱暴ではあるけど。

「ふむ、何か姐御《あねご》という感じの声ですな」

「あ、うん！　確かに！」

アインの意見に得心がいったよ。

「それで、あの貴方にお願いがあるのです」

『あん？　俺にだと？』

「はい。その子から外れてくれませんか？」

イシスが枷にそう頼み込んだ。

なるほど。イシスの考えた手というのは、枷に意志を持たせて直接外れてもらうってことだったんだね。

『は、馬鹿も休み休みいいやがれ。俺は枷だぜ？　相手を嵌めるのが仕事だ。嵌めて嵌めて嵌めまくる！　それが俺の仕事なんだよ！』

「あ、あなたちょっと破廉恥《はれんち》が過ぎますことよ！」

『は？　何言ってるんだお前？』

モルジアが頬を赤くして自分の枷に文句を言ったね。僕もちょっとそこはよくわからないけど。

『とにかくだ、俺が枷である以上嵌めたが最後俺からは逃げられない。この女も俺が嵌めたんだからもう俺の物みたいなもんだ。俺に嵌められて逃れられる奴はいないぜ』

「お兄様違いますですの！　これは決してそういう意味ではなくって！」

「え？　何が？」

モルジアが僕の首元を掴んで必死に訴えてきたけど、えっと、枷が嵌ってとれないのは確かだよね？

「くくくっ」

「うぅ、なんて枷なんですかもう……」

あれ？　でも何故か、フィーが向こうに体を向けて笑いを堪《こら》えているような？

イシスも妙に顔が赤いような？

「一体皆どうしたんだろう？」

「はて？　あの枷が饒舌に喋りだしてから妙ですな」

「なんだろうねぇ～」

アインとメルも？顔だ。

『とにかく、俺は外れないからな！』

「なんとかなりませんか？」

『ふん。そうだな。どうしてもっていうならお前が代わりに俺に嵌められるか？』

「え？」

イシスが瞳をグンッと大きくさせて驚いた。あの枷、まさかモルジアからイシスに移るつもりなの？

『どうする？　もしそうするならこいつからは外れてやってもいいぜ？』

「……わかりました、それで妹さんの枷が外れるなら」

「駄目だよそんなの！」

「そんなの駄目ですの！」

あ、僕と妹の声が重なったよ。

「え？　で、でも？」

「イシス。確かに僕も妹は助けたいけど、それでイシスが身代わりになるのは何か違うよ」

「貴方も私を舐めないでもらいたいですの」

僕がイシスを説得し、そしてモルジアは自分が嵌めてる枷に向けて強い口調で語りかけた。

「この御方は私を毒から治療してくれた御方なのですのよ。それにお兄様の仲間ですの。あくまで普通の仲間ですけど、お兄様が仲間を見捨てるような真似をする筈がありませんですの。そして私も誰かを犠牲にして自分だけ助かるなんて真似するわけありませんの！」

ビシッと言い放つモルジア。うん、僕が家族の中でモルジアだけは違うと思っていたのは、何も僕を慕ってくれたからというわけだけじゃない。

自分以外の誰かのためにも何かをしてあげられる子であり、そして受けた恩も忘れないそんな芯の強い妹だからなんだ。

「イシス、モルジアもこう言っているし、ね？　枷についてはきっと何か別な方法があるよ」

「ホルス……ありがとうモルジアさんも」

「……別にモルジアでいいですの。それに貴方の方がきっと年上ですの」

「えっと、十五歳かな」

「あ、僕と一緒だったんだね」

「なら、やっぱり私より上ですの。それなら呼び捨てで構いませんの！」

「う、うん！　ありがとうモルジア」

イシスがそう呼ぶと、モルジアはちょっと照れたような顔を見せた。でも打ち解けたみたいで良かったよ。

『ふん。命拾いしたな。もし俺の言う通りにしていたら、そいつに移ったとして代わりにお前は死んでいただろうからな』

「は？　ちょ、それってどういうこと⁉」

枷のあまりに不穏な言葉に僕は思わず詰め寄って枷ごと腕を握った。

『ケケッ俺の枷の呪いは魂にまで及んでいる。その俺が外れるということは魂ごと持っていくということだ。つまり今や俺とお前の妹とやらは一心同体ってわけさケケッ』

そ、そんな。つまりこの呪いの枷を外すことは死に直結するってことだ。そんなことって、はっ⁉　こんな話を聞いたら妹は！

「はぁ、お兄様が私の手をこんなに強く、こんな幸せなことがあっていいんですの？　いえ、いいんですのよ！」

えっと、何故か凄く幸せそうな顔をしてました。

「ふふ、本当に主も面白いが、妹の小娘弐号も中々愉快な娘よ」

「誰が小娘弐号ですの！　そもそも弐号というのが聞き捨てならないですの。どう考えても私が壱号ですの！」

「そこが大事なの⁉」

う～ん、でも思ったより妹が呪いのことを気にしていないようで良かったよ。

「お兄様、私のことは心配いりませんですの。それに枷と言っても全く動けないわけじゃありませんですの。わりと鎖にも余裕がありますのよ」

そう言ってモルジアが鎖のついた枷を広げてみせた。確かにキツキツという感じではない。

もともと小柄な妹だから余裕が生まれたのかも。

「でも、足は移動とか影響あるんじゃ？」

「ふふ、お兄様、私は空間属性持ちの魔法使いですの」

そう言って、モルジアが足も使わず空間移動で瞬時に移動を繰り返した。

そうだ。モルジアの属性は空間。僕の砂と同じで単一属性だから他の属性は一切扱えないけど、空間を自由に移動したり、空間の中に物をしまっておけるという強みがある。

それに妹も魔力は高い。今回は毒を喰らってしまったばかりに魔法で逃げることが出来なかったようだけど、枷である程度自由が制限されていても魔法でカバーは出来そうだ。

勿論だからといってこのままでいいわけじゃないけどね。

「ふむ、思ったのですが主殿。妹殿はその魔法で枷だけ置いて移動することは出来ないのですかな?」

「「あ……」」

アインの意外な指摘に、僕とイシスとモルジアが同時に声を上げた。確かにその方法なら……。

『は、やれるもんならやってみるんだな。だが、それなりの覚悟はしておけよ。さっきも言ったがこの枷はお前の魂にまで効果が及んでいるんだからな』

「あ、そうだ駄目だ！　たとえ空間移動でも魂までは切り離せない」

「そうですの……もし本当なら枷を置いて移動した瞬間、死んでしまいますの」

「むぅ、我としたことが余計なことを」

アインが口惜しそうに言った。だけど、それは違うよね。

「そんなことないよ。今後も思ったことは言って欲しい。そうすれば何かいい方法も浮かぶかもしれないし」

「な、なんと！　わかりました。不肖アイン！　今後もガンガン意見を言わせて頂きます！」

うん、そうだね。ただ、今はとりあえずこの枷については保留かな……。

「なってしまったものは仕方ないですの。貴方、カセ、貴方とは暫く一緒ですの。いいかしらカセ？」

モルジアが枷に向かってそう話しかけた。でも、何かちょっとニュアンスが違う？

『……そんなこと今更確認するまでもねぇだろう。たく、ま、確かに俺は枷だがな』

「違う、カ・セ。貴方の名前ですの」

『は？』

枷が怪訝そうに声を上げたね。

「気に入らないですの？　折角意志があるのですし、長い付き合いになるかもしれないのですから、名前があったほうが便利ですの」

『ケッ、くだらねぇ。大体枷にカセって洒落にもならねぇっての』

「あら？　気に入らないですの。弱りましたわね。それでしたら、うん、もう一つの候補、タイシューなんてどうですの？」

『……カセでいい』

モルジアは代替案を出したけど、結局カセで決まった。意志があるからかな？　ちょっと打ち解けている？　とにかくこうして意思のあるカセとモルジアは一緒に行動することになったんだ。

「さて、主よ。折角だしのう。この中を少し見て回らんか？」

「え？　この中を？」

モルジアの件もある程度話が決まったところで、フィーが一つ提案してくれた。

「うむ、ゴブリンサンドは人を襲うことが多いのは主も知っておろうが、その際に使えそうな装備を回収したり金目の物を漁ったりする。それに妙にキラキラした物を好むのだ。故にこういった時にはお宝が眠っている場合もあるからのう。それにもしかしたらその枷をどうにかする道具も保管しているかもしれんぞ」

なるほど……確かに帝国でもゴブリンはピカピカしたものが好きで良くお宝を隠していたというし、だからこそさっき砂金のゴーレム利用したんだ。

だから貴重な物が眠っていてもおかしくない。その上、モルジアの枷がなんとかなるかもしれないなら、探さない手はないね！

「よし、なら行こう！」

『ふん。無理だと思うがな』

「そんなこと言わないですのカセ」

モルジアが枷に向かってそう話しかけた。もうすっかり枷はカセだ。

『チッ、全く調子の狂う女だな』

「ふふ、愛しのお兄様と洞窟デートですの〜」

「これはデートとは言わないような……」

　さっきまでゴブリンサンドに捕まっていたモルジアだけど、もうすっかり元気を取り戻したようだね。

「主殿、残党が残っておるかも知れません！　ご注意を」

「うん。ありがとう」

「明かりは私に任せてね！」

　アインとメルも張り切ってくれてるね。こうして僕たちは引き続き、このゴブリンサンドの塒を見て回ることにした。

　結構洞窟は枝分かれしていて、思ったよりも複雑だったんだけど、そこで僕達はとんでもないものを見つけてしまったんだ。

「酷いですわ……」

　ゴブリンサンドの住む塒の一室――そこにはモルジア以外に捕まった人たちの姿があった。ただし、生きている人はいない……。

　そして、ゴブリンサンドも性質はゴブリンと一緒。つまり、捕まっていた人々の姿はあまりに惨《むご》たらしいものだった。日にちが結構経っていたというのもあるからだろう。腐敗している死体もありこの辺りは匂いも相当キツい。

「やれやれ、相変わらずゴブリンサンドのやることは汚らわしいのう」

フィーも眉を顰めている。モルジアは、まだ良かったと言えるかもしれない。でも、それは結果論だ。

「……せめて、僕たちの手で弔《とむら》ってあげよう」

「はい――」

僕は砂魔法で穴を掘りその中に遺体を埋めてあげた。祈りを捧げた後、更に見て回った僕たちだけど。

「何か来た……」

「きっとゴブリンだよ。僕たちも同じ目に会うんだ」

「ひっくひっく怖いよ～」

この声、生きてる人がいるんだ！

僕は声のする横穴に飛び込んだ。すると引っ込んだ穴に格子を嵌めた簡素な牢屋があった。そして中にまだ若い少年少女たちの姿があったんだ。

「皆、無事な子がいたよ」

皆に知らせてそして、やってきたアインが格子を槍で切ってくれた。囚われていた皆がビクッとした顔で僕たちを見ている。

「もう大丈夫？　怪我はない？」

「た、助けに来てくれたの？」

「そ、それなら、この子が！」

そう言って一人の少女が壁際を指差す。そこには一人の少年が寝ていたけど、ひどい怪我だ！

「大丈夫！　これなら、私なら治せる！」

するとイシスが駆け寄り生命魔法で傷ついた男の子を癒やしてあげた。

献身的なその姿に、まるで聖母様みたいだ、なんてつい思ってしまった。

そして、怪我がひどかったその子も息を吹き返したんだ。

「これは、一体？」

「ふぅ、良かった、これでもう大丈夫」

自分の体を見た少年が驚いたように目をパチクリさせる。イシスは彼の治療が成功したことに安堵していた。

「良かった！　意識もはっきりしてそうだね」

思わず僕が声を弾けさせると、少年の視線が僕に向けられる。

よく見ると少年の、いや他の皆もそうだけど首に首輪が巻かれていた。そして僕と同じ見た目の人は勿論、頭に猫耳や兎耳の生えた獣人の姿もあったよ。

とにかく、皆まだ怯えが見えたから状況について教えてあげる。

「そうだったのですか。皆様が僕たちを。本当にありがとうございます」

最初に僕たちに話しかけてくれた男の子が、頭を下げてお礼をしてくれた。狸耳としっぽのある男の子だね。

そしてそれ以外の男の子達も三人、お礼を言っていた。年齢は皆若いね。一番年上っぽい子でも僕より少し上ぐらいだと思う。

でも良かった。これで皆助かるね。そして一旦牢屋の外に出てもらったんだけど。

「ちょ、グレテル何してるの！」

だけど、その時一人の女の子が先の尖った杭を首に当てて自ら命を断とうとしたんだ。あれは切った格子の残骸。でも、なんでそんな？　とにかく止めないと！　と思っていたら女の子の手から杭が消えた。

「全く何を馬鹿なことしてますの！」

モルジアだ。そうか。モルジアが空間魔法で杭だけ飛ばしたんだ。

「何で、何で死なせてくれないのよ！」

すると自ら死のうとした女の子が涙ながらに叫んだ。

「お、おいグレテル！」

興奮して口調が荒くなってるのは赤髪の猫耳少女だった。それを止めたのも猫耳の少年だった。こっちの少年も髪は赤いけど少女よりも薄めの赤だ。

「この人達は俺たちを助けてくれたんだぞ？　それなのに死ぬなんて」

「だからそれが余計なことだって言ってるの！　女の私達はどうせもうまともになんて生きられない！　それにゴブリンに捕まった奴隷に価値はない。街に戻っても処分されるだけよ！　それならもう死んだほうがマシだわ！」

泣きながら叫ぶ。それにしても死んだほうがマシだなんて、なんでそんなことを？

「ふむ、見たところ怪我のひどかった者もおったが、まだ女のお前らは体も無事そうではないか。なのに何故そこまで悲観する？」

「確かに見た目はね。でも、ゴブリンの呪いを受けたのよ！」

グレテルがそう叫んだ。でも、ゴブリンの呪い？　一体なんだろうそれ？

「呪いってそれは一体？」

「これよ！」

すると猫耳の少女が服を捲ってお腹の辺りを見せてくれた。そこには奇妙な痣《あざ》のようなものがついている。

「ほう。そういうことか。つまりシャーマンの魔法を受けたのであるな」

フィーが顎を押さえて頷く。何かを思い出したようだ。

「ゴブリンサンドもそうだがのう。シャーマンは魔法によって苗床《なえどこ》となる女をゴブリン以外産めない体にしてしまうのだ。この人間が奴隷であるなら、それを理由に処分されても確かにおかしくないであろうぞ」

「そんな、ひどすぎますよそんなの！」

思わずフィーに向かって叫んでしまった。それにフィーが困った顔をする。

よく考えたら、それでフィーに怒鳴っても仕方のないことだった。悪いのはゴブリンサンドなのだから。

そして改めて女の子を見るとみんな悲しそうな顔をしていた。

「この魔法は肉体を変化させて、ただでさえ繁殖しやすいゴブリンの子が更に生まれやすくなる効果がある。ただし魔法が定着するまでは少し時間がいる。それ故に直接はまだ手を出されなかったのだろうのう」

「だとしてもそんなの、直接でないだけでされたも一緒よ！」

さっきの女の子が唇を噛んだ。でも、そんな魔法があるなんて……。

「あ、あの、フィー。それって呪いではないのですよね？」

「うむ。肉体を変異させる魔法だ。だが、呪いなら程度の差こそあれ解決方法があるかもしれぬが、肉体の変異だとそれも難しいであろう」

「いえ！　それなら体は生命魔法で元の状態に戻してはあげられるかもしれません！」

「え？　そうなの？」

「うん。とにかくやってみる」

そしてイシスが先ずグレテルに近づいた。

「ちょ、何するつもり！」

「いいから。私を信じて！」

「う……」

イシスの真剣な瞳に、グレテルも何も言えなくなったようで甘んじて魔法を受け入れた。

すると、イシスの魔法で、グレテルのお腹にあった痣が薄くなり、消えたんだ。

「ほう。なるほど、生命魔法で肉体が変異する前に戻したというわけか」

「はい。これでもう大丈夫です！」

「う、嘘？　本当に？」

そしてイシスが女の子達を同じように魔法で治療していき、全員のお腹にあった痣が消えたんだ。

「や、やったよ！」

「元に戻れたんだ」

「ふぇぇぇん。良かったよぉ」

こうして女の子達も元の姿に戻った。

「確かに皆痣が消えてるわ……本当に助けられたみたいね。その、ありがとうございます」

「「「「「「「ありがとうございます！」」」」」」」

グレテルがお礼を言うと、他の皆も一斉にイシスにお礼を言ってくれた。ただ、グレテルはまだどこか不安そうだ。

「でも、それでもまだゴブリンの脅威が去ったわけじゃないよね。貴方達がどうやってここまで潜り込めたかわからないけど、奴ら魔法を扱うゴブリンや、やたら大きなゴブリンまでいるのよ」

どうやら皆の中ではゴブリンサンドもただのゴブリンと一緒という感覚らしいね。それはそれとして。

「あ、それならもう倒したから大丈夫だよ？」

皆の不安を取り除くためにもうゴブリンは排除したことを伝えてあげた。

「「「「「「「倒したぁあああぁぁあ!?」」」」」」」

すると何か一様に驚かれたよ。

「そ、そう。でも、それでも一時しのぎってだけね。私達は奴隷だもの……それにたとえ体が治っていても一度ゴブリンに攫われたってだけで普通には扱われない……」

助かったことに一度は喜んでいたけど、自分たちが今置かれている状況を語った途端グレテルの耳と尻尾がしゅんっと垂れた。全員が奴隷……帝国にもあった奴隷制度。だけど奴隷の扱いは決していいものではなかった。

特に帝国は獣人などの他種族を蔑視していて人よりも下という見方をしていた。僕から見たら見た目の違いだけで差なんてないと思えるのだけど。

「君たちはどこから連れてこられたの？」

「僕たちは南のエルドラド共和国からです」

グレテルと同じ猫耳の少年が答えてくれた。エルドラド——商業の面で強い国として知られている。帝国も国交を結んでいて砂漠の比較的安全とされる外側を行路《こうろ》として利用していたようだ。

「ふむ、お主たちが奴隷である以上、人の商人が一緒にいたのではないか？」

「そんなのすぐに逃げたわよ。私達を置いて囮にしてね」

グレテルが悔しそうに歯嚙みした。見捨てられたってことなんだろうね。

そして残りの面々も不安そうにしている。助かったはいいけどこれからどうしたら？　といった様相だ。

でも、見捨てられたんならもうここの皆が奴隷商人にどうこう言われる筋合いはないよね。

「うん。話はわかったよ。それなら皆も行く宛がないようだし、よかったら城《うち》に来る？」

「「「「「「はい？」」」」」」

僕が皆に城に来るかどうか聞いてみると、一斉に頭に疑問符の浮かんだような顔を見せた。

「えっと、うち、って私達全員を？」

「そうです」

「いや、お気持ちはありがたいですが、全員奴隷ですよ？」

「それは関係ないよ。僕は困ってるなら単純に助けてあげたいんだ。それにうちは一応城だから、皆が暮らせる部屋ぐらいは用意出来ると思うし」

「「「「「「「「城!?」」」」」」」」

今度は皆が飛び上がって仰天した。あれ？　城だと嫌だったかな？

「えっと、城といってもそんな物々しいのじゃなくて、あ、砂の城なんだ！」

「「「「「「「「砂の城おおっぉおおぉおお!?」」」」」」」」

あれ？　また驚かれた？　そして何故かフィーがくくっと笑っている。

「あの、もしかして貴方様はどこかのお貴族様で？」

「え、えっと……」

「お兄様は元は皇子でしたのよ。そしてゆくゆくはこの砂漠の王になる御方ですの！」

「え、えええぇええ！　何言ってるのモルジア！」

「「「「「「「「お、お〜……」」」」」」」」

ほら、皆微妙な顔をしている！　急に王だなんて言ったらそうなるよ！

「可愛い妹だけど、今のは気にしないでいいからね」

「か、可愛い！　お兄様に可愛いと言われましたですの！　これだけでパンを三個は食べられますですの！」

な、何かモルジアが両手を祈るようにさせて小躍りしてるけど、きっと皆を安心させようとしていたんだね。

『お前、変わってんな……』

「す、凄い、私はあそこまで自分を晒《さら》しきれないよ……」

そしてモルジアの様子にカセが呆れているような声を上げ、イシスは戸惑いがちな瞳で妹を見ていた。

「今の僕はそんな肩書きもないけど、この砂漠で暮らしているのは確かだよ。不安はあると思うけど、良かったら一度来てみてから決めるのはどうかな？」

とにかく、皆にどうするかを改めて聞いてみる。危険な砂漠に放置しておくわけにもいかないしね。

「え、と、わかりました。少し相談させてください」

返事を保留にした後で、捕らえられていた皆が少し離れた場所で話し合いを始めたね。

「お、おい。ここって死の砂漠じゃなかったっけ？」

「私、絶対に人は住めない魔境だって聞いてたんだけど？」

「でも住んでるって言っていたよな？」

「しかも城を持ってるって言ってましたわ」

「本当に一体何者なのかしら？」

「う～ん、でも僕達を助けてくれたのは確かだし悪い人ではないと思うよ」

「……私もそう思う。それにこのままじゃ私達は野垂れ死ぬだけだし」

「うん、それなら厚意に甘えさせてもらって」

「私は、でも、やっぱりそう簡単には信用出来ない……」

何か皆でひそひそと話し合っていたようだけど、猫耳のグレテルは、納得のいっていない表情だ。

「貴方の気持ちは嬉しい。でも……私達は獣人。人は私達を亜人と蔑んで受け入れてくれなかった！　だから、私は人の言うことなんて……」

「ふふ、随分と面白いことを言う女ではないか。主がそのようなことを本気で気にすると思うておるのか？」

「な、何よ。貴方にはわからないわよ！　私達の気持ちなんて！　人間は自分達以外の種族なんて受け入れてくれないんだから！」

頑なに拒否反応を示すグレテルを認めた後、のう主よ、とフィーが僕を振り返った。

「少し離れてもらえぬか。他のお前達ものう」

「え？　あ……うんわかったよ」

そしてフィーの言う通り僕達は彼女から距離を置いた。捕まっていた子たちが怪訝そうにフィーを見ているが――その目の前で人化を解きフィーが元の姿に戻った。

「「「「「「「「「――ッ!?」」」」」」」」」

見ていた全員は声がでないほどに驚いていた。僕から話としてスフィンクスだと聞いていた皆も本来の姿を見たのは初めてだからか目を丸くさせてていたね。

「な、なな、なんなのこれ！」

「これが妾の本来の姿であるぞ。スフィンクス——それが種としての名だ。もっとも今は主の眷属でありフィーという名を授けてもらったがのう」

そしてまたフィーは元の褐色美女の姿に変化した。

「ま、こういうことであるぞ。主は妾のような人ではないものでも受け入れてくれたのだぞ？他の人間と同じにするでない」

「で、でも、それは貴方が眷属だから、それって奴隷と同じじってことでしょ？」

「猫の小娘。一度だけは許してやろう。だが主を愚弄するような発言二度目はないと思え！」

「ヒッ——」

「ちょ、フィー怖がらせちゃ駄目だよ！」

「むっ、つい威圧が強まってしまったか」

グレテルは尻もちをついた状態でガタガタと震えていた。ちょっと涙も出ている。いやグレテルだけじゃなくて皆凄く怖がってるよ！

「フィーは怖い神獣じゃないよ！　僕達のことも助けてくれる頼りがいの有る仲間なんだ」

「え？　な、仲間？」

僕が説明するとグレテルが瞳をパチクリさせた。

「ふふ、少しはわかったか？　それにであるぞ。アイン、メル」

「はい」

「なんですかぁ？」

フィーが呼ぶと、アインとメルが前に出てきたよ。

「この者たちを見よ。同じ人に見えるか？」

「え？　どうみても人、でも、あれ？」

「そういえば触覚があるような？」

「うん！　頭に触覚があるよ！」

フィーに言われ、皆が二人の頭から生えている触覚に気づきはじめたよ。

「そうであるぞ。この二人は元はアイアンアントとハニーアント。つまり蟻なのだ。しかし主に名付けられ今は人の姿をしている」

「はい。我は偉大なる王に助けられ、名を与えられたのだ！　今は我も主殿をとても尊敬しておる！」

「主様はね。私達にも平等に接してくれるんだよ。私にも気軽に接してと言ってくれるしね」

アインとメルが僕について語ってくれた。うぅ、何か背中がむず痒くなる気持ちだよ。

「そこにいる小娘は人だが、今はいないがラクというラクダが本来一緒であるぞ。しかし、主はそのラクダも友達だという。そしてそのような主だからこそ我も眷属となることを決めたのだ。それがもしお前達の言うような愚かな人間であったなら今頃この世にはいないであろうがのう」

何気にフィーが怖いことを言っている気がしないでもないけど……でも、皆の不安を払拭《ふっしょく》するために説得してくれているのはわかるよ。

「フィーの言ってることは本当です。ホルスはラクダのラクにも優しくしてくれているし私が砂漠で倒れているところも助けてくれて貴重な水も分けてくれた。だから、信じて欲しい！」

「そうですわ！　何よりお兄様は誰よりも優しい私の愛しのお兄様ですの！　他の愚兄とは違うのですのよ愚兄とは！」

イシスやモルジアも一緒になって皆を安心させようとしてくれた。僕はそんなに大したことをしたつもりはないんだけどね。

「……あの、信じていいの？　本当に私達が一緒についていっても？」

「う、うん！　勿論さ！　一緒においでよ！」

「そうだよ～いいところだよ砂の王国は♪」

「そう！　砂の王国……はい？」

思わず僕はメルを見た。今王国と言ったのはメルだった。で、でもそんなの聞いてないよ～。

「王国だって」

「王国……」

「つまり王様？」

「優しい王様だ」

「本当にいたんだ優しい王様は……」

「いやいや！　待って待って！　今のは違うから！　王国とかではないからね！」

「良いではないか。これだけ住む者が増えるのだから主が王で王国であろう」

「私に異論はないですの！」

イシスまでそんな！　いやいや、皆に異論はなくても僕にはあるからね！

とにかく、王国とか国とかの話は一旦置いておいて、皆で戻ろうという話にはなった。

「その前にもう少し調べてみてもいいかも知れぬぞ主よ」

うん、生き残っている皆は助けたけど、まだこの塒は全て見ていない。モルジアの枷を外す道具があればいいんだけどね。

とにかく助けた皆と一緒に更に探索を続けた。その途中で全員から名前を聞いたりして会話した。あの猫耳の少年はどうやらグレテルの兄のようで名前はヘンデルというらしい。

「う～ん、見たところ目ぼしいものはなさそうだね」

「うむ。壊れた装備やガラクタが多いようだのう。これは当てが外れたか？」

「砂漠ですし、そこまで貴重なものはないのかもしれませんですの」

確かに今のところ目ぼしいものはない。ただこの塒は意外と中は広いからまだ見切れていないところも結構ある。僕もちょっとした探索気分でいたけど時間も時間だしここはそうだね、効率を上げるためにも。

「砂魔法・砂感知！」

この洞窟全体がそもそも元が砂なら、これで内部もよくわかる筈だよ。それで何か目ぼしいものがないか探ってみる。

すると、見つけた。いや、お宝かはわからないけど、こっちに何か気になる反応が。

「少し気になるのがあるんだけどこっちを見てみていいかな？」

「勿論であろう。妾は主と常に一緒であるぞ」

フィーがぴったりとくっついて胸までムニッと押し付けてきた。うぅ、またからかわれてる。

「貴方！　何してますの！　お兄様に気安くくっつかないですの！」

「そ、そうよフィー！　もう離れなさい！」

「お兄様は私と常に一緒ですの！」

「む、小娘弐号こそどさくさまぎれに何をやっておる」

「私は妹だから当然の権利ですの！」

『何やってんだこいつら』

な、なんかモルジアまでぴったりとくっついてきちゃったよ～。カセが呆れ口調だし。

「凄いなあの人……」

「モテモテだやっぱり王様なんだ」

「お兄ちゃん、本当に信じて大丈夫だと思う？」

「は、はは、でもそれだけ魅力があるってことなんじゃないかな？」

な、何か後ろからついてきている皆の視線も感じるよ～はぁ、もう。

「皆ここは洞窟だし一旦離れて、ソーシャルなディスタンスだよ！」

「むぅ、やれやれ仕方ないのう」

「うぅ、お兄様」

「ほら、モルジアもフィーもそんな顔しないの」

僕は二人を戒《いまし》めた。イシスも僕に追随するように二人に言ってくれている。でも、ふぅ、やっと落ち着いたよ。さてとこっちに何があるかな……。

「ここだ――」

僕達が辿り着いたのは、ゴブリンサンドが塒にしていた洞窟の中で一際大きな空間だった。

そしてそこは――大量の砂で埋め尽くされていた。

「ふむ、気になると主が言うたのはこの砂か」

「これまたキラキラした砂ですなぁ」

「綺麗な砂だねぇ」

フィーとアイン、それにメルが砂を見て感想を述べた。アインはそれが砂であっても槍を手に警戒を緩めない。フィーはしげしげとメルも興味深そうに砂を見ている。

「普通の砂とは違うみたいだね」

「透明感がありますの」

うん。イシスとモルジアの言う通り、色も白味がかっていて砂漠の砂とは違うよ。

「あの、私達も触ってみても？」

「うん。いいよ」

そしてゴブリンに捕まっていた皆も砂を掬ったり触れたりしていた。

「これってもしかして……」

すると狸耳と尻尾の少年が砂を見ながら考え出した。この子はチャガマという名前だったね。

「これはもしかしたら金剛石《ダイヤモンド》かも知れないっす」

砂を見ていた狸耳の少年が言った。彼はチャガマという少年だけど、この砂がダイヤモンドって本当に？

「お主、よくわかったのう」

そしてフィーが感心したようにチャガマに問いかける。

「昔、宝石商の側に仕えていたことがあったっす……」

なるほど。そういうことなら納得だね。

「でも、こんな砂みたいなダイヤモンドなんてあるの？」

　ヘンデルがチャガマに質問した。

「死の砂漠と呼ばれるこの地には他では見られないような珍しい資源も眠っているとも聞くっす。それなら他では見られないようなダイヤモンドの砂があってもおかしくないかもしれないっす」

「うん、僕はこうみえて目はいいほうだけど、確かにこれ、砂粒ほど小さいけどダイヤだよ！」

　チャガマの側でマジマジと砂を観察していたヘンデルも確信したように言った。

「ふむ、宝石は魔力の影響を受けやすいからのう。この地は質の良い魔力も感じられる。この輝きも潤沢な魔力の影響を受けたからであろう」

「だからかもしれません。この小ささでもまるで職人がカットしたかのような形状です」

　フィーとヘンデルが感心したような態度を見せる。つまり、ここは特殊なダイヤモンドの砂が眠っている洞窟だったということだね。

「でも、もしこれが金剛石の砂なら——もしかして！」

　ふと思いつき、試してみることにする。

「砂魔法・金剛砂人形《こんごうすなにんぎょう》！」

　すると金剛砂が盛り上がったかと思えばキラキラのダイヤモンドのゴーレムが作成された。

「「「「「「「「何これ〜〜〜〜〜〜〜〜〜〜！」」」」」」」」

僕が作ったダイヤモンドのゴーレムに皆びっくりしたみたいだ。これも砂だから僕の魔法の範囲内だったみたいだね。

「流石であるぞ我が主よ。よもやこのようなゴーレムまで作ってしまうとはのう」

「本当に凄いけど、砂なのかなぁ？」

底に溜まってる砂を手で掬いながらイシスが小首を傾げた。僕としても半信半疑でやってみたけど、でもゴーレムに出来たから砂ってことなんだろうね。

「偉大なるお兄様の砂魔法であれば、このぐらい造作もないですの。きっとルビーでもサファイヤでもパールでもお兄様なら魔法でゴーレムに作り上げてしまうに決まってますの」

「おぉ〜〜〜〜！」

「流石あれだけの存在を眷属にするだけある……」

「やっぱりただ者じゃなかったんだ」

「そんな凄い人に拾われるなんて僕達ついてるよグレテル！」

「そ、そうかも……」

モルジアがとんでもないことを口走ってるよ！　そのおかげか見ている皆も、何か宝石みたいに目がキラキラしてきてる……。

一度は死にたいと言っていたグレテルも目を丸くさせているし
「ふむ、しかし主よ。それは面白い話かも知れぬぞ。魔法で更に感知範囲を広げてみることを妾はお薦めするぞよ」

フィーが微笑みながら僕に助言してくれた。範囲を広げるか……ならちょっと魔力を込めて——更に僕は範囲を広げた。

それで気がついた、他の砂の存在にも！　僕達はそれから近場の砂から見て回ることにしたんだけど。

「この赤い砂は紅玉《ルビー》の砂だね」

「えぇえぇえ！」

「こっちの砂は翡翠《ひすい》の砂だよ」

「うそ～～～～～～！」

「これは蒼玉《サファイア》の砂だ」

「マジで！」

「あ、これは真珠の砂だ」

「信じられない！」

「もしかしたらここは昔海だったのかも知れませんね」

ヘンデルが言う。なるほど。だから真珠の砂があるんだね。

「うん。これはただの砂だね」

「凄い！」

「いや、最後はただの砂であろう」

　というわけで最終的にはもうただの砂でも驚かれたけど、これでわかったのはこの辺りは宝石の砂の産地ってことだった。

「これは凄いですわお兄様！　まさに宝の山を見つけましたですの」

「ここだけでこれだけの砂があるからのう。きっとこの辺りの山にはこのような砂がザクザク眠っていると思うぞよ」

　片手で自分の顎を撫でるようにしながらフィーが言う。こういったちょっとした仕草が妖艶に感じられるよねフィーは。

　それはそれとして、まさかゴブリンサンドが塒にしていたこの山が宝石の砂の宝庫だったなんてね。

　元々ゴブリンはキラキラしたものを好むって話だし、だからここを塒に選んだのかな？

「でも宝石なんて何か使い道あるかな？」

　思わずそんな疑問が口から飛び出した。正直砂漠で宝石があっても。あ、でも女の子は嬉しいかな。

「主よ。前も言ったと思うが資産になりそうな物は持っていて損はないぞよ」

　そういえばそうだったね。それで砂金も城に保管してあるわけだし。

「うん。それに金剛砂は強そうだしね」

イシスの言う通り、これはダイヤモンドだからね。

「それならばお兄様。私の出番ですの！」

そうだった。モルジアは空間属性だから空間に収納スペースを作ってそこに物を入れておくことも出来る。

モルジアの収納量はかなり多い。砂漠で見つけたあの蟹だって楽に運べるほどだよ。だからといって無制限じゃないから、砂を丸ごと持っていくわけにはいかない。

それでも今ある砂ぐらいなら問題なく運べそうとのことだけどね。

「あまり運んでも置く場所がないかな。とりあえず城に保管出来る程度を持っていこうか」

そろそろ外も暗くなりそうだから、あまり長居もしてられない。夜の砂漠は寒いしね。

急いで城に戻った方がいいだろう。この辺りの山にはまだ色々と面白そうな物が眠っている可能性があるからまた調査には来ようと思うけどね。

「ふむ、ならば――」

するとフィーが洞窟の壁面に爪で文字を刻んでいったんだけど。

『この一帯は砂漠の王が管理する至高の地なり。ここの砂を含めた資源の勝手な持ち出しは厳禁とする。もしこの警告を無視するものがいたなら、大いなる王の眷属たるスフィンクスの怒りに触れることになろうぞ』

「ふむ、これで良いかのう」

「いやいや！　何書いてるのフィー！」

驚いたよ！　こんな文字をあっちこっちに刻んでるんだもの！

「主よ。確かにここは死の砂漠であるが、この辺りであれば何者かがやってくる可能性がないとは言いきれないであるぞ。主の持ち物であることをしっかりと証明しておく必要があろうぞ」

「いや、そもそも僕の物ってわけでも……」

「何を言うか。ここのゴブリンサンドを始末し、主がこの地の資源を見つけたのだ。それにこのスフィンクスが認めたのだから問題ないであるぞ」

フィーが自信満々に言い放つ。そ、そういうものなのかな？

でも確かに占領していたゴブリンサンドもいなくなった以上、そういうことでいいのかな？

もっとも、本当にこんなところに来る何者かというのがいるのかなって気もするけど。

とにもかくにも、洞窟の探索も一旦終了とし、ゴブリンサンドの死体は全てフィーが燃やし尽くし、そして僕たちは助けた皆や他の蟻達と一緒に砂魔法で城に戻ることにした。

フィーが風を操作してくれたから速度もかなり出るよ。

「凄いですの！　流石お兄様ですの。私の空間移動よりずっと速いですわ！」

モルジアがはしゃいでいる。今のモルジアの空間移動だと一度に十メートルしか移動出来ないからだろうけど、でもこれから成長したらきっと更に移動出来るようになるんだろうね。

『全く俺までつきあわされるとはな』

「貴方は私の持ち物ですの。それなら一緒なのは当然ですの」

『馬鹿言うな。俺に自由を奪われてるのはお前だろうが』

「私は全く不自由ではありませんの。愛しのお兄様にも会えましたですの〜♪」

「ちょ、モルジアってば」

モルジアが僕にピタッとくっついてきたよ。家族だし可愛らしい妹に好かれるのは光栄だけどね。

「砂でこんな移動が出来るなんて……」

「本当に一体何者？」

「人間、なのよね？」

う〜ん、怖そうだからって波の後ろの方に立っているのは捕まっていた皆だけど、何かまた色々誤解を受けてる気もしないでもないよ……。

さて、こうして僕達は波に乗って移動し城に戻ったのだけどそれを見てまた皆驚いていた。

「ンゴォオォオォオオオオ！」

「はは、ラクごめんね心配かけて」

僕達が戻るとラクがすぐに飛んできて、僕やイシスに顔を擦り付けてペロペロと舐めてきたよ。

ずっと城の前で待っていてくれたみたいだ。

「アリ～！」

「アリアリ～」

「アギィ！」

「アギギィ～」

　ハニーアントやアイアンアント達も出迎えてくれた。するとやっぱり皆が驚いた。

「ほ、本当に蟻だ！」

「蟻が、一緒になって楽しそうに動き回ってるわね……」

「あれがラクダちゃん？　か、可愛い」

「蟻も何か可愛いわ」

「あ、皆よかったら好きに触れ合ってくれて構わないからね。このラクも撫でられるのが好きだから」

「ンゴッ！　ンゴッ！」

　すると皆が顔を見合って、そして喜んでラクや蟻達に近づいていった。僕よりも年下の子達も多いからね。

「さて、皆もお腹が空いているよね？　これから準備するよ」

　丁度皆を助けに行く前に手に入れていた蟹もある。折角だから新しく増えた仲間を歓迎する意味合いも込めて豪勢にいきたいけど。

「そういえば皆、首輪が嵌ったままだったね……」

そう。奴隷だった皆の首には奴隷に装着される首輪が付いたままだった。僕は皆を奴隷として見るつもりはないから出来れば外してあげたい。

「この首輪はどんなタイプですの？」

するとモルジアが皆の首輪について聞き始めた。

何か考えがあるのだろうか？

「命令に逆らうと首輪が締まるの……」

「凄く苦しいんだよね」

奴隷の首輪を触りながら皆が苦しげな表情を見せた。あの首輪で奴隷の自由を奪うんだ。強制的に言うことを聞かせるようなやり方は僕は好きじゃない。

「あら？　それなら旧式ですの。問題ありませんですの。先ずは貴方から、はい！　ですの！」

モルジアは枷を嵌められていながらも器用に杖を使い魔法を行使。すると女の子の首に嵌っていた首輪だけが外れた。

「え？　これは？」

「私の魔法で空間に収納しましたの。これで貴方達は自由ですのよ」

モルジアが笑顔でそう宣言すると、首輪を付けられていた皆の顔が笑顔に変わった。

そしてモルジアは全員分の首輪を空間に収納する。これでもう奴隷ではないね。やっぱり凄いよモルジアの空間魔法は。

「ありがとうございます！　ただ、僕達のことは奴隷ギルドに登録されているので完全に奴隷でなくなったわけにはならないかもしれない……でも首輪がないだけでも嬉しいです！　自由が感じられます！」

「良かったですの。けれど、そんなギルドのことなんて気にすることないですの。ここは愛しのお兄様が治めるオアシス。ギルドのことなんて知ったことではないですの。そうですわよねお兄様」

モルジアはまるで僕の気持ちを代弁するように助けた皆に言ってくれた。勿論僕は首肯して喜ぶ皆を見た。

「モルジアの言う通り、少なくともここには奴隷ギルドなんてないし、皆は自由にしていてくれていいからね」

「な、なんて優しい御方なんだ……」

「やっぱり王様よ！　優しい王様！」

「私達の救世主だ！」

「ありがとう王様！」

「王様素敵〜〜」

ええ！　いや、だから僕は王様じゃないってばぁ〜

ふぅ、とにかく王様という部分は全力で否定して、食事の準備に入った。

モルジアや新しく仲間になった皆も手伝ってくれたよ。

「でも、その魔法でもカセは外れないんだよね」

「そうですわね。残念ですの」

『ふん。当然だ。俺を外せたら大したもんだ』

カセが得意げに語った。う〜ん、でもモルジアはあまり気にしていないかも。

「カセのことはある程度受け入れましたですの。それもイシスのおかげですわね。意思を持って喋るようになったから、少しは気が紛れますの」

「そう言ってくれるなら。でも、本当なら意思を持たせて外れてもらおうと思ったんだけどね」

『それは残念だったな。もはや俺とこいつは一心同体よ』

「嫌な一心同体ですわね」

カセの声に反応し苦笑いを見せるモルジアだ。ただ前に妹自身が言っていたけど、カセの間にある鎖に余裕があるから日常的な動きにそこまで支障があるようには見えないね。

「そういえばモルジアはどうして砂漠まで？　帝国でもここは危険な砂漠だって知られていたと思うけど？」

そして僕は料理の準備をしながら気になったことを聞いてみた。

「嫌になったからですの。そもそもお兄様を追放した時点で未練などありませんですの」

顔をしかめてモルジアが言う。見るにあの国にいい思い出があまりなさそうだ。それは僕も一緒だけどね。

「やっぱりホルスへの扱いはひどかったの？」

「ひどいなんてものではありませんですの。皇帝と皇后のあの女も追放したことを全く悪いと思っておりませんですの。兄達なんて……あ、お兄様ごめんなさい！」

イシスの質問に答えていたモルジアがハッとした顔で謝ってきた。僕が傷つくと思ったのかもね。

「大丈夫だよ。なんとなくそんな気はしていたからさ」

僕の属性が砂だとわかってからは兄達も含めて僕への扱いが一段とひどくなったからね。

でも、結果的に僕はこの砂漠に追放されたけどかえって良かったと思えるよ。

こうやって僕を慕ってくれる仲間も増えたしね。

「ですが、やはりあの人達は愚かでしたの。そして私は確信しましたわ！　やはりお兄様は優れた才能と力を持った最高のお兄様でしたの！　そしてゆくゆくは大陸全土に名を轟かせる王になると！　そう確信しましたですの！」

「ええ！　いや、だからそれは流石に……」

「うむ、小娘弐号よ。流石は主の妹だけあるな。その見る目に関しては褒めてつかわそう」

「別に貴方に褒められる筋合いじゃありませんの」

「ほう？　このスフィンクスを前に全く動じないその心意気も主譲りと言ったところか。小娘壱号といい面白いではないか」

「いつの間にか壱号に！　ちょ、もういいからフィーも食事の準備をして！」

「全く仕方ないのう」

そしてイシスの指導もあってその後はスムーズに料理を進め、皆で蟹や保存しておいた肉なんかも振る舞って食べたよ。

「わ、凄い本当に甘くなってる！」

「ンゴ～♪」

それと驚いたのはラクの特技だね。瘤から水が出るのは知っていたけど食べたものでその味も変化することがわかったんだ。蜜やナツメヤシを食べるとその味が反映されて甘くて美味しい水が出てくるんだよね～これにも皆は喜んでいたよ。

フィーの魔法のおかげで暖も取れたしこの日の夜は随分と賑やかで楽しい夕食となったよ。

本当、仲間も増えて穏やかな日々って感じだね。こんな日が長く続くといいんだけど――。

幕間

「以上が死の砂漠で得た情報だ」

「あぁご苦労」

腹の出た男が店でステーキを頬張りながら男の話を聞いていた。彼はトヌーラと言い、エルドラド共和国で一、二を争うトヌーラ商会の商会長であった。

そして目の前の男はトヌーラが雇った冒険者の男だった。依頼したのは砂漠でゴブリンに連れさられた奴隷の捜索だった。だが、男の口から飛び出たのは奴隷よりももっと価値のある宝石の砂の情報だったのである。

「ところでお前はそれを他の誰かに話したか？」

「甘く見てもらっちゃ困るぜ。俺はプロだ他の誰かに漏らすような真似はしねぇよ」

「そうか」

男が質問に答えている間にも、トヌーラはナイフでカットしたステーキを口に含んでいた。

「ところで、これだけの情報を持ってきたんだから、少しは報酬に上乗せしちゃもらえないかい？　今後のためにもさ」

男がニヤリと口元を吊り上げて要求する。砂漠の情報は大ネタだ。場合によっちゃ巨万の富を得ることになる。ゴブリンに連れ去られた奴隷を見つける程度の報酬では納得がいかない。

「あぁ、そうだな」

平らげた皿を眺めながら口を拭《ふ》きトヌーラが近くにいた黒服に目配せする。

「口止め料込みでしっかり支払ってやれ」

「わかりました」

「へへ、話がわかるね。流石トヌーラ商会のかいちょ――」

その言葉が全て紡がれることはなかった。黒服の抜いた剣によって男の首が既に飛んでいたからだ。

「これが口止め料だ。最期にこの私の料理を食べる姿が見れたのだから満足だろう？」

床に倒れビクンビクンッと痙攣《けいれん》する首無し死体を見ながらトヌーラがにやぁっと醜悪な笑みをこぼし最後の一切れを口に含み咀嚼《そしゃく》する。

「な、こ、困りますトヌーラ様！」

すると支配人と思われる男が慌てて駆けつけてきた。床に転がった死体にとても困惑している。

「気にするな。この私が来てやったんだぞ？　死体が転がろうが店の評判が上がったのだから寧ろプラスだ」

「し、しかし……」

支配人は強く出れなかった。トヌーラはいい意味でも悪い意味でも有名な男だからだ。

「後始末代なら払ってやる。それで誰も文句は言わんだろう」

「文句ならあるにゃ～」

悪びれる様子も謝罪すらないトヌーラであったがそこに一人の客が入ってきた。トヌーラが、ふん、と鼻を鳴らす。

「アリババか。礼儀のなってない野良猫が。まだ私が食事中だぞ?」

「もう予約時間が過ぎているにゃ～ここからは僕の時間にゃ～」

トヌーラが猫と呼んだ彼は見た目にはまさに猫であった。二足歩行の黒猫である。身長も人と変わらずシルクハットを被り顔には片眼鏡。燕尾服《えんびふく》を着こなし、手にはステッキを握りしめていた。

そしてその隣りには二本足で歩く獰猛な顔をした狼の姿もあった。人狼である。

「ふん……全く野良猫がここで食事とは、一体何の冗談かな?」

「……少し口が過ぎるにゃ～。それに僕は野良猫じゃなくてケットシーにゃ～。そこは勘違いして欲しくないですにゃ～」

空いている方の手でヒゲを擦り双方睨《にら》み合う。

　そしてトヌーラが蔑《さげす》んだ目を彼に向けながら口を開く。

「ケットシーだろうと猫は猫だろうに。全く猫が狼を連れて食事だと？　ここはいつから動物園になったんだ？」

　その時、控えていた人狼の指から鋭い爪が伸びた。それとほぼ同時にトヌーラの護衛達が得物を抜く。

　暫しの沈黙、一触即発の空気が辺りに漂い始めた。支配人も魔獣にでも睨まれたが如く固まり動けないでいる。

「ルガール落ち着くにゃ～」

「しかしこいつらはご主人様を侮辱しました。私はいい。だが、それは許せない」

「気にしてはいないにゃ～所詮豚の遠吠えにゃ～」

「貴様、この私を豚だと？　ふん、堕猫が。大体アリババ商会の商会長なわりに教育がなってないんじゃないのか？」

　小馬鹿にするようにトヌーラが言った。ケットシーの彼の正体はアリババ商会の商会長だった。ここエルドラではトヌーラ商会と一、二を争うとされる大商会なのである。

「全く我々は商人だ。そんな喧嘩腰にこられてもな。私のような争いごとを好まない善良な商人にはとても信じられないことだ」

「争いを好まない善良な、にゃ～」

アリババは床に転がった首無し死体に目を向けた。よく言えたもんだ、と呆れたような瞳だった。

「とにかくここからは、僕の時間にゃ〜商人なら決まりごとぐらい守るにゃ〜」

「……ふん。まぁいい興《きよう》が冷《さ》めた。お前達行くぞ」

トヌーラが黒服達を連れて店を出ようとする。支配人はホッとしている様子だった。

「あぁそうだ。そこの塵はくだらん嘘の情報を寄越したから始末した。それだけだ」

最後にそう言い残して店を出るトヌーラ一味は店を後にした。


「トヌーラ様、これからの予定は？」

「折角の情報だ。有効活用してやろう」

キャリッジと呼ばれる高級馬車の中でトヌーラが護衛の黒服男と話をしていた。

「しかし、死の砂漠と呼ばれるような場所です。一筋縄ではいかないでしょう。それに壁に刻まれた文字というのが気になりますが」

黒服の男が心配していたのは始末した男が洞窟で目にしたという文字のことであった。

「スフィンクスと刻まれていたという文字か。ま、それは脅し文句のようなものだろう。問題は誰の仕業《しわざ》かだが、一つ可能性は低いとは思うが心当たりがある」

「ほう？　それは？」

トヌーラの言葉に黒服が反応を見せトヌーラが答える。

「マグレフ帝国から追放された皇子だ。いただろう一人？」

「あぁ、恵まれた魔力を持ちながら砂属性などという塵みたいな魔法しか扱えず捨てられたという劣等種のことですか。そういえば死の砂漠に追放されたと聞きますな……まさか？」

黒服が目を丸くさせる。それにトヌーラが顎を擦りそして続けた。

「勿論可能性は低い。いくら属性が砂と言ってもせいぜい砂場で人形遊びが関の山だったという話だ。そんな虫けらがあの死の砂漠で生きているとは思えないが、念のためということもある」

「ふむ、ではどう手配いたしましょうか？」

「護衛として冒険者を雇っておけ。特に水属性持ちの魔法使いを多めにだ。たとえ砂属性で何とか生き延びていたとしても、砂程度水があればなんとかなる」

トヌーラの命令に黒服が頷き。

「なるほど……流石はトヌーラ様です。たとえ相手がゴミクズみたいな属性持ちだったとしても決して油断されない。しかもあくまで可能性レベルの話だというのに」

「ふん。おだてても何も出んぞ。だが、慎重にと言う意味ではスフィンクスとまでは言わなくても魔獣を手にしている可能性もある。以前雇った魔獣使いがいただろう？　そいつにも話を回しておけ」

「……本気ですか？　奴が使役しているのはＢ級魔獣のオルトロスです。それだけに値も張りますが？」

「そんなものダイヤさえ手に入れれば幾らでもお釣りが来る。それにあそこはもともと資源の宝庫だという噂もあった。ダイヤもあるぐらいだ、金だって眠っている可能性が高い。それを考えればな、うむ、そうだついでにあの奴隷もつれていくぞ」

「ふむ、あれですか？　しかしあれは性格に問題が……」

「構わん。あいつは念のためだ。普段はともかく首輪があればいざとなれば使えるだろう」

「わかりました。用意しましょう。しかし死の砂漠とは言えこれだけ準備をしておけば十分過ぎますな」

「ま、準備に越したことはないからな。ぐふふ、しかし、ダイヤか。それを上手く利用すれば元老院での私の発言力は益々上がる。商会としてもアリババなど目じゃないほどに成長出来るぞ――」

　そして今、それぞれの思惑が交差し、砂漠を中心に事態が大きく動き出そうとしていた――。

あとがき

早いもので今回で四作目の書籍化となりました。これまでも様々な題材を考え執筆して参りましたが、今回選んだ題材は砂です。

砂ということで舞台の砂漠はすぐに決まりました。後は砂漠に合わせてキャラ付けも定まっていきます。本作の主人公の名前がホルスでヒロインがイシスなのもそういった背景からです。他に砂漠に関係が深そうなキャラも出てきますがそれは読んでからのお楽しみということで……。

出版にあたりイラストレーターの赤井てら様には大変お世話になりました。送られてくるイラストはどれも素晴らしく砂漠という舞台も活かして頂き感謝の言葉もありません。

そして何より今この本を手にとって頂いている読者様。本当にありがとうございます。それでは物語の続きを皆様に楽しんでいただけることを願っております。

空地大乃

この作品の感想をお寄せください。

あて先　〒101-8050　東京都千代田区一ツ橋2-5-10
集英社　ダッシュエックス文庫編集部　気付
空地大乃先生　赤井てら先生

ダッシュエックス文庫

砂魔法で砂の王国を作ろう
～砂漠に追放されたから頑張って祖国以上の国家を建ててみた～

空地大乃

2021年3月30日　第1刷発行

★定価はカバーに表示してあります

発行者　北畠輝幸
発行所　株式会社　集英社
〒101-8050　東京都千代田区一ツ橋2-5-10
03(3230)6229(編集)
03(3230)6393(販売／書店専用) 03(3230)6080(読者係)
印刷所　大日本印刷株式会社

ISBN978-4-08-631407-7 C0193